たった一人の裁判

山崎しだれ

文芸社

たった一人の裁判

「コスモスを見に行こう」

ワクワク感を抑えきれず、礼子は愛車Ｌセダンを走らせた。毎年、礼子はこうしてこのコスモスの郷を訪れている。

今、「たった一人の裁判」を終えて、感慨深くコスモスを眺めている。


埼玉県の中央よりやや北部にコスモスの町がある。この小さな町の荒川河川敷には、秋になると一〇〇〇万本ものコスモスが咲き誇る。コスモスは、訪れる人の目と鼻を楽しませてくれる。土手に上がると、咲き誇っているコスモス畑の全貌を見渡すことができる。人々はまずこれに感動する。ひとしきりコスモス畑全体の様子に目をはせてから、河川敷まで下りていく。

「わあ、今年も。まあ、なんと」

礼子は心の中で叫ぶ。

「なんだか桃源郷…」

目の前からはるか先まで、どこまでも桃色・濃い桃色・淡い桃色のコスモスが隙間なくびっしりと広がっている。コスモスがあふれる畑の中に、散策用の小道がある。コスモスはよく成長していて、礼子の身長を超えるほどのものも少なくない。最近では、桃色ばかりでなく黄色やオレンジ色のコスモスも植えられている。かすかなコスモスの香りを体中に吸い込む。この町のコスモスにかける意気込みが感じられる。そして、この町のあり方に感謝する。

決意　Lセダンとともに

二年前のことだった。

「そうだ、自分で裁判を起こしてみよう」

そう裁判を決意したのはこのコスモス畑だった。その時、礼子はここに立っていた。風に揺れるコスモスに心を奪われながら微かな香りを体中に吸い込んでいた。青空の下ゆっくり散策していると、コスモスの優しい色に礼子の心が透明になっていった。

礼子は、ニッと笑みを漏らした。

「なんでも挑戦！」

晴れたと、ふと感じた。礼子は天を仰いだ。それまで数か月間、モヤモヤした気持ちのままで過ごし、うじうじと心の整理がつかないまま過ごしてきていた。しかし、今、裁判をすることを決心した。
「よし、やってみよう」
しかし、〝裁判をする〟とはいっても、どうすべきものか、少しもわかっていなかった。わかっているのは裁判を起こすことは国民に与えられた権利だということくらいだった。

一般的に裁判をするには、法の専門家である弁護士が、紛争を解決したい人の依頼を受けて、代理人として紛争解決にあたる。依頼人は弁護士に弁護士費用を支払う。礼子にはそのくらいの曖昧な知識しか持ち合わせていなかったのだった。

この年の初夏に起きた礼子の愛車Ｌセダンと青年のバイクとの接触事故の過失責任割合について、礼子はモヤモヤしていたのだった。あの事故が交差点の真ん中で起きたからと言って、五分五分の過失割合とは決して納得のいく話ではなかった。

礼子の愛車は、Ｌセダン。Ｌセダンは快適に力強く穏やかに優雅に走る。2500ccの安定感は抜群で、オーディオもなかなかなものだ。ゆったりとした時間を車と音楽とともに過ごす快適さは、至福の時だ。Ｌセダンは礼子の相棒だ。早くに夫を亡くして一人息子を育てながら、質素に地道に生きてきた礼子の最高で最後の贅沢品だった。

礼子は車を走らせて遠出をするのが好きだ。そう、車が好きな礼子は、六十五歳の誕生日を迎えるとき、おそらく最後の車になるであろう車に、このＬセダンを選んだのだった。

簡単な話、ディーラーの営業マンが試乗用に自宅まで乗って来てくれたのだ。その時の試乗でこの車の安定感と力強さ、滑らかな足回りに惚れこんでしまったのだ。そして、座席シートの固さも気に入った。遠出をするには最適だと礼子の心を虜《とりこ》にした。Ｌセダンはウワサ通りの感動を与えてくれた。

この車の購入にあたって、その時たまたま来ていた息子が言った。

「お母さん、今からの車だからね。自動予防安全装置があったほうがいいんじゃないの」

そうかと、礼子は納得した。最後の車になるかもしれない車だった。自分の年齢をこれまではあまり気にしてきていなかった。これからは、何をするにも年齢は重要なファクターになってきていることを痛感せざるを得なかった。自動予防安全装置は車のフロントガラスの上部中央にある。前方に衝突の可能性がある障害物を見つけると、衝突回避のために車が自動停止するというものである。また、自動運転をセットすると、走っている前の車両に続いて速さや距離を自動的に保持して走ってくれる。前の車が赤信号で停車するとＬセダンも自動的に停車する。渋滞でノロノロ運転になるとＬセダンもノロノロ走ってくれる。

車の購入の契約を進めるために、ディーラーを訪れた礼子は、車の色はシルバーにしようと決めていた。ところが、ディーラーの山野が少し離れたところにあった車を指さして言った。

「こちらの色はいかがですか。ディープインディゴ・パールです」

「ディープ…?」

「ディープインディゴ・パールです」

山野が笑いながら言って、キーを見せた。

「ちょっとお待ちくださいね。明るいところに車を移動させますから」

黒かと見間違うほど濃いディープインディゴが、自然光のもとで深く重く輝いていた。ディープは深い、インディゴは藍、そこに真珠の輝きのパールが加算されたディープインディゴ・パールは容易に礼子の心を掴んだ。礼子は感動して、この色に即決した。礼子は車を見るたびに、ワクワクする。こんな年齢になってもいつでもワクワクするのだった。

時には、ディープインディゴ・パールLセダンで、朝のうちに自宅を出発して、午前中に長野の軽井沢に到着するように走る。礼子は、温泉に入りおいしいものを食べてゆっくり休んで、夜自宅に帰る。夜は渋滞がなくスムーズに走れる。快適なドライブを楽しめる。この車になって、長距離を走っても体に負荷がかからず、楽に走れる。

ディープインディゴ・パールＬセダンに慣れたころの初夏のことだった。ミーティングを終えて、友人を車で送った帰りのことだ。

礼子は、幹線道路の大きな交差点の右折車線で待機していた。片側2車線、右折車線を入れると片側3車線の右折車線の2、3台目で待っていた。正面の信号が青になった。前の車両に続いて、ゆっくりと交差点を前進した。直進車両の青が終わって、黄色に変わり、右折矢印に変わった。前のキャラメルカラーのバンに続いてゆっくりスタートにした。

大きな交差点のちょうど中央あたりに来た時だった。右にハンドルを切ろうとしたとき、右手から、ふいにバイクが飛び出してきた。

「えっ！」

バイクはＬセダンの右手から急に現れて、ふわりと車を巻くように車の前を右から左へと回ってバイクの左後方を、Ｌセダンのバンパー左角に接触させて倒れた。瞬間的に礼子は思いっきりブレーキを踏んでいた。自動予防安全装置は対象物をとらえて二秒で作動するのだが、バイクは右手から急に現れたために自動予防安全装置は作動しなかった。

バイクの青年は、倒れたが何事もなかったように起き上がって、しっかりとした足取りで、礼子に近づいてきた。礼子が先に声をかけた。

「大丈夫ですか」

「あ、大丈夫です」

痛がっている様子はない。交差点のど真ん中で、まだ四方向とも車が止まっている。信号が黄色になった。

「じゃあ、あそこの駐車場で話しましょう」

礼子の左後方にある大きなドラッグストアを指さした。信号が黄色から、赤に変わった。すべての車が止まる時間帯だ。礼子の提案に、青年は素直にうなずいて、倒れていたバイクを起こして押して移動し始めた。左右の車はこの事故の様子をうかがって動かない。交差点のど真ん中には、まだLセダンとバイクだけであった。礼子は困ったが、迷っている暇などない。そのままバックで店の駐車場に入った。交差点内の車が一斉に動き出した。

ドラッグストアの駐車場の端のほうに、店の来客の邪魔にならないようにLセダンを止めた。バイクの青年はすでにヘルメットを外して、携帯で電話していた。

「まず、警察に連絡しましょう」

そう礼子が言うと、彼は携帯を見せて言った。

「今、警察に連絡しました」

そう言う青年の様子がおかしい。

「ちょっと、待っててね。お店に断りを入れてきますから」

礼子は、まずは、ドラッグストアの従業員に事情を説明し、駐車場をお借りしたいとお願いすると快く了承してくれた。

戻ると、青年は再び電話をしていたが、礼子の顔を見ると切った。

「じゃあ、名前とか連絡先、交換しましょう。保険会社にも連絡入れなきゃならないので」

青年は、なんだかそわそわしていてやはりおかしい。落ち着かない。

「ママに怒られる…」

意外にも、そんなことを青年は口走った。

「ママに怒られる」

再び、青年は二、三回つぶやいた。そんな青年をしり目に、礼子はまずは自分のM傷害保険の担当の北条に連絡した。

「そんなことはないでしょう、緑川さん。右から出てきたバイクなんですよね。それが、右折状態の緑川さんの車の左角にぶつかったって」

そういってM保険の北条は笑った。

「いえいえ、間違いはないですよ。右からふわりと車を巻くように出てきて、左角に接触したのですから」

「ええっ、ふわりって、どういうことですかね」

北条は半信半疑のようだった。

「で、相手はどうなんですか。大丈夫なんですね。警察には連絡したんですか」

「ええ、相手はアベカワさんとおっしゃるようなのですが、彼が警察に連絡してくれました。相手はアベカワ、ナオキさんです」

「相手は、どんな様子ですか。怪我とかは」

「あ、怪我はしていません。両方とも大丈夫です。でもなにか、おうちに電話して、ママに怒られるとか何回も言っていますが」

「では相手の保険屋さんとか、わかりましたら教えてくださいね」

北条は〝ママに怒られる〟がおかしかったらしく、半分笑いながら電話を切った。

アベカワナオキがこっちを見て待っていた。

「これが、私の免許証です」

そういって礼子が免許証を差し出すと、彼は事故慣れしているのか用意していた自分の簡易な免許証ケースを見せた。

安倍川直生（アベカワナオキ）、三十二歳。D保険会社。

「すみません、すみません。あの〜。すみません。もうすぐ警察の人が来ると思うのです」

「そうですね。遅いですね」

「すみませんが、あの～、すみません」

「はい？」

安倍川直生は今にも泣きだしそうな顔をしている。

「うちのママにオレ、すんごく怒られるんス」

「…？」

「だから、この事故、なかったことにしてもらえませんか」

「えっ、どういうこと」

「事故ると、うちのママ、すんごく怒るんス。だから、事故なかったことにしてくれませんか」

礼子はあきれ返って、三十二歳だという安倍川直生をあらためて見た。いい青年が〝ママに怒られるから事故がなかったことにしてくれ〟とは、大したことを平気で口にする奴だと驚いてしまった。そのうえ彼は、気の弱そうな今にも泣きだしそうな顔をして再び言うのだった。

「ママに、怒られる」

「安倍川さん、バイクのどこをぶつけたのですか」

青年の主張を無視して尋ねた。礼子が見ても、今回ぶつかったのはどこなのかわからないほど彼のバイクは、あちこちに擦り傷とへこみがついていた。

「うんと、たぶん、ここだと思う。このスタンドのところ」

「たぶんって。これは？」

バイクの前方の泥除けが、かなりめくれ上がっている。

「それは、この前転んだやつだから」

バイクは、傷だらけでボロボロ状態なのだ。そこへ、警察官が二人やってきた。

「え〜と、アベカワ、アベカワナオキさんって、あなたですか」

「はい、安倍川です」

「では、お話を聞かせてください」

二人の警察官が彼の話を聞いているうちに、礼子はLセダンの車の被害状況を確かめて写真を撮った。そして、再びM保険の北条に電話して、安倍川直生はD保険の家族保険に加入していたことを伝えた。

「わかりました。こちらで連絡をとってみます。緑川さん。本当に怪我はないのですね。車は、どうしますか」

「はい。私の車も大した傷ではありませんが、少し擦っていてへこんだりしていますので、帰りにディーラーに車を置いて、代車を借りられることになっています」

ふと見て、礼子は慌てた。警察官が安倍川直生の話だけを聞いて、パトカーに乗り込んで帰ろうとしていた。こんなことに慣れていないので、心臓が飛び出しそうになりながらも礼子は呼び止めた。

「すみません。こちらの話は聞いていただけないのですか」

「あ、では。聞かせてください」

やれやれという風に、助手席の警察官一人が下りてきて、簡単に事情を聞いて帰っていった。礼子は、この警察官の態度に不満と不信感を抱いた。

礼子がディーラーを訪れて、警察官の態度について、その不満を告げると、ディーラーの山野はこともなげに言った。

「きっと、これくらいの事故ですと、ま、かすり傷ですから、お互いの保険屋さんが解決してくれるということでしょうね。写真を撮っていましたか」

「いいえ、まったく。私が相手のバイクの写真も撮りました」

山野は笑った。若いということは素晴らしいと、礼子はその笑いを見て思った。だけど、笑ってすまされないことのほうが世の中は多いのだ。

「こちらでも、つまり両方の保険会社も修理工場も写真は撮ります。お見積もりが出ましたらご連絡差し上げます」

このディーラーの山野には信頼を置いている。礼子のＬセダンのよりどころでもある。山野は代車を用意しておいてくれた。

「急だったので、この車しかなくて。気を付けてお帰りください」

代車はかなり小型なうえにかなり古かった。山野に見送られながら自宅に向かう礼子は、代車を運転するのに四苦八苦した。アクセルペダルもブレーキペダルも旧式で、ミラー操作は手動だった。

「気を付けてお帰りくださいい、ですか。気を付けますよ〜。代車で事故ったらシャレにならない」

礼子は丁寧に運転した。自宅に着くころにはこの車の運転に慣れてきたが、なるべく車を使わない生活に心がけた。


一週間後に、車の修理が終わったと山野から連絡が入った。

ディーラーに行くと、Lセダンは店の出口に運んであり、山野は外へ出てきて修理した箇所の修理状況を丁寧に説明した。店内に導かれて入ると、山野はコーヒーを運んできてから、用紙を持ってきた。用紙にはバイクとの接触部分の写真を添付した書類と修理箇所の説明書、そして請求書もあった。

「その後、相手の方と決着がつきましたか」

「いいえ、M保険の北条さんに、お任せしてあります」

「ああ、そのM保険の北条さんって方、当店の修理工場にいらしたようです」

「北条さんが…」

「事故の箇所の確認だと思います。すみませんが、保険屋さん同士の決着はまだということで、車の修理代ですが、どうしましょうか。お支払いの件ですが」

山野はにっこり笑った。

ムムムッと思ったが、礼子は、ディーラーに迷惑をかけるわけにはいかないと考えて、支払いをカード決済で応じた。金額は十万円未満だった。とにかく車が戻ってきたので礼子は一安心だった。


数日後、M保険の北条がやってきた。

「私も、安倍川直生さんのバイクの事故状況を見せてもらいましたがね、あれではどこが今回の傷か、わかりにくいですね」

北条は、温厚で明るい話し方をする。

「緑川さんの車の傷は、わかりますがね」

と付け足した。カバンから書類を取り出して、それを開かず手に持ったまま話した。

「まあ、緑川さんにとってはご不満でしょうが、交差点内の事故ということで、私も三・七とか言ってみたのです」

「三・七…」

「いえいえ、交差点内の事故で今回のような場合は、五・五が大体の相場なので、私私もそう言わざるを得なかったもので、すみません」

言いづらそうに続けた。北条は汗を拭いた。

「向こうはバイクの修理代含めて、五・五にしてくれと言って、ガンとして譲らないのです」

北条はまた汗を拭いて、続けた。

「実際、今回の事故は本当に奇妙ですよね。私も最初に緑川さんから連絡を受けたときには、よくわからないくらいでしたよ」

「警察では、なんと?」

「警察は型通りで、向こうの言い分と緑川さんとの言い分をまとめただけで、特に何もないです。向こうの言う、五・五だと、緑川さん、当然納得できないですよね」

「そうですね。ギリギリで三・七か二・八ですね。ならないでしょうか」

北条は、難しい表情で言った。

「そうですよね。ご納得いただけないですよね。わかりました。もう一度向こうのD保険と話してみます」

北条は汗をふきふき何度も頭を下げて帰った。


一か月ほどが過ぎて、再びM保険の北条が礼子の家にやってきた。何度も頭を下げながら、汗を拭いた。北条はよく汗をかく人なのだ。しきりにハンカチで拭っていた。

「いやあ、まいりました。向こうはもうポンコツのバイクですから、お金なんか出す気、さらさらないみたいで」

「どういうことでしょうか」

「つまりですね、緑川さんの車の修理代と安倍川さんのバイクの修理代を合わせて、それの五・五だと言って向こうのD保険は引かないんですよ」

「あのバイク、どこを修理するんでしょうかね。めくれている泥除けも修理してないですし」

「まったくです」

北条は穏やかに、あきれ顔で笑った。

「緑川さんにご納得していただけなければ、向こうはこのまま保留にするといいます」

「保留というのは、どういうことでしょうか」

「このまま放置、ということ。安倍川さんにとってそのほうが都合がいいのかもしれませんね。保険を使わなくても済みますからね」

なんてことだ、と礼子は黙してしまうしかなかった。北条は強引なやり方や言い方をしないで、保険会社同士にも色々とあるということを説明してくれた。礼子は思考停止状態に陥った。何をどこから考えていけばいいのかもわからなかった。

「ご納得されたときに、ご連絡ください。私も機会があれば、また交渉してみます」

北条は、再び汗をふきふき帰っていった。


それからというもの、礼子は事故のことをうじうじと考え続けていた。あの半ベソの表情の安倍川直生青年には強烈なママがいることは推測できた。だが、そんなことと、この事故の実態とは無関係のはずだ。誰が言いだして誰が決定しようとしているのか。『交差点内だから、五・五』とは、到底のめる話ではない。だが、事故当日のドライブレコーダーはない。交通量が多く、交差点のど真ん中ということもあり、事故を目撃した人は多数いたはずだが、証人となってくれる人を探すことは不可能に近い。北条は礼子の代理の交渉人だ。交渉人が諦めたらもう打つ手はないのか。諦めなければならないのか。

よくないなあ、なにかよくないなあと感じつつも時間はどんどん過ぎていった。

「よくないなあ」

礼子は繰り返し、つぶやくようになっていた。うじうじしていて、毎日すっきりしないでいた。十万円以下、互いに人身事故に至っていない事故だ。これで納得せざるを得ないのか。

うじうじしているうちに、すっかり秋になっていた。

「今年もコスモスを見に行こう」

礼子はすぐに出発した。そうして、コスモス畑の中で礼子の心が動いたのだった。

「そうだ、自分で裁判をしてみよう。よし、やってみよう」


礼子の心に湧き上がってきたのは、「裁判は国民のもの」という意識であった。もちろん、プロの弁護士でも裁判は容易でないだろうことは推測できた。だが、このくらいの問題ならば自力でできないものだろうか。礼子には、事故の責任割合に対する不満が大きく、また持ち前の好奇心も大きかった。

礼子は、M保険の北条に電話した。こちらにおいでになるついでがあるときで構わないと言ったのだったが、北条はすぐに飛んで来てくれた。礼子は、切り出した。

「あのう、私、裁判をしてみようと思います」

「えっ、裁判ですか。緑川さん、この件で裁判を起こすのですか」

「はい」

「この金額で弁護士を立てると…」

礼子は笑った。

「この金額って…」

「まあ、ご納得いただいていないのは、わかります」

「どうも私の中にはこの決着にモヤモヤ感が残っているのです。明らかな安倍川さんの過失が、五分五分という過失割合で、こちらにも同等の過失があるということになっています」

「はあ、すみません」

北条は本当に申し訳なさそうに頭を下げた。

「…裁判ですか。緑川さんの保険には弁護士特約は付けていないですよね。実は、安倍川さんの側の保険には弁護士特約が付いています」

親切な北条さんは上目遣いにおしえてくれた。

「…」

「では、保留しておきますね。う～ん」

「…北条さん、今回は保険を使わない方向でいきたいと思います。やはり、裁判をしたいと考えています。実は弁護士は雇わないで自分で裁判をしようと思っています。私、自分でできるだけのことをしてみたいのです」

礼子は、決心を伝えた。

「弁護士を使わないということは…」

「はい、自分一人で裁判をしてみようと思っています」

少し驚いたなあという顔をしたが、北条はそのあと笑みを取り戻しながら言った。

「…わかりました。では、また何かありましたらご連絡ください」

あらためて北条の気配りに感謝した。北条は礼子の亡夫の知人であった。

調べる

この日から裁判に関して調べることを始めた。

礼子はまず、県が困っている県民のための相談窓口「県交通事故（法律）相談所」に電話予約を入れ、無料相談を申し込み、県庁第二庁舎の「県民相談総合センター」を訪ねた。

県庁相談員の佐藤は、しっかりと実績のある風貌の男性だった。礼子の事故状況説明を表情一つ動かさずに聞いていた。

「ま、事故の概略はわかりました。それで、お一人で裁判をなさりたいということですね」

「はい」

「交通事故の損害賠償裁判は民事訴訟になります」

礼子は、メモをした。佐藤は無表情のまま、眼鏡の奥から礼子の顔と書面を見比べながら続けた。

「この事故は、ケガ人なし。金額が小さいですね。民事調停になるかもしれません。もちろん民事調停を断って、裁判をすることは可能です」

「…民事調停」

「この民事調停を申し立てするには、何も特別なことはありません。簡易裁判所の窓口に行くと申立用紙とその記入方法の説明書が備え付けてあります。手続きも簡易ですし、決着、つまり終了までも簡易なので、お一人でされるにはいいかもしれません」

「はい」

「民事調停の申し立てをしますと、日程が調整されますので、その日は裁判所に出廷なさってください。早期解決が望めますよ。二、三回の出廷で、三か月くらいあれば解決します」

「三か月も、…ですか」

「そうです。裁判ですと一、二年はかかりますよ」

佐藤の言葉に、裁判というものは長時間を要するのだと、礼子は驚いた。

「民事調停というのは、裁判ではないのですか」

「はい、裁判ではありませんよ」

「裁判ではないとすると。どういうものでしょうか。まったくわからないものですから」

表情を少し崩して、佐藤は少しトーンを落として話してくれた。

「民事調停を担当するのは、裁判官も関わりますが、基本は調停委員が行います」

「調停委員…」

「この調停委員は、…」

佐藤は、さらに声のトーンを落とした。

「一般市民から選ばれた方が紛争の解決にあたります。もちろん裁判官も関わりますよ。実は、裁判所に納める手数料も訴訟に比べると安くなっています」

「費用も違うのですか」

「十万円の返済を求めても費用は五百円くらいです。そのほか、調停は非公開です」

「そうすると、早い決着と安いということがメリットということでしょうか」

「そうですね…。非公開は大きなメリットでしょうな。そういうこともあり、一般的に、離婚調停などは民事調停を求められる方が多いのですよ」

「そうですか」

それから佐藤は、再びさらに声のトーンを落として呟くように言った。

「ただし…。ただしですね、調停委員は交通事故が専門ではありませんよ」

「はい？」

返事しながら、礼子は心の中で疑問と落胆が交錯しているのを感じていた。

「交通事故の詳細を鑑定する人はいます。交通事故鑑定人と言って、専門に事故の解析をする人です。まあ、どうでしょうか、今回はかなり状況がはっきりしていますし、事故鑑定には費用も掛かります。鑑定人の必要はないかもしれませんね」

相談員の佐藤は礼子の真剣な表情を見て、これ以上立場を超えられないという風に話をやめた。佐藤の誠意をそこから受け取った。裁判をしないで調停をするということは、ケンカ両成敗ということのようだと、礼子は感じた。

礼子はせっかく裁判をするなら、納得がいく方法を取ろうと思った。

「ブレては、いけない」

最初から曖昧なことを望まないことに決めた。だから、民事調停を選択肢から外した。また、少額訴訟という訴訟があることがわかったが、礼子は魅力を感じなかった。そこで、礼子は簡易裁判所に「損害賠償（交通）請求事件」として、訴訟を起こすことを決めた。せっかくの国民の権利を行使するのだから清く正しく、強く正しく、美しくである。民事裁判を起こすには、それなりの裁判に関する基礎用語と基礎知識をあらためて調べた。併せて、道交法についても調べた。

年が明けていた。さらに二か月ほども経つと、白やピンクの梅の蕾《つぼみ》が少しずつ固い殻をやぶりはじめていた。空気も和らいできていた。

ようやく、初めて簡易裁判所を訪ねた。総合受付で簡易裁判受付口を教えてもらい、エレベーターで四階へ上がった。古い役所のにおいを残した建物の中をそこここ歩いて、簡易裁判の受付を見つけた。礼子はそっとドアを押した。すぐに三十代くらいの女性が対応に立ってきた。趣旨を話すと、すぐに用紙を持ってきた。

「それでは、こちらが訴状になります。お書きになってこちらにお持ちください。弁護士さんに書いていただいても構いません」

「弁護士はいません。私一人です」

彼女の視線が一瞬止まった。

「…そうですか。こちらが準備書面になります」

「はい」

「裁判で、使いますので、時系列に沿ってお書きください」

書類を受け取って廊下に出ると、六十歳前後の女性が廊下の長椅子の大部分を独占していた。礼子は初めて尽くしで少々緊張していた。書類を整理するためにカバンをわきに置いて長椅子の端に腰を下ろすと、女性が話しかけてきた。

「あなたも、弁護士を立てないで一人でするの？」

「えっ、ええ…」

礼子は、訝《いぶか》しく思っていると女性は言った。

「弁護士ったってね、こちらの言う通りになんかやってくれないしね、文句ばっかり言われてね、大体にしてね、弁護士はね、自分たちが偉いと思ってんだよ」

「どうして、私に弁護士がいないとわかったんですか」

「だってね、ここは裁判をする人か弁護士が来るところだよ。あなた、どう見たって、弁護士って感じじゃないわよ。違うでしょ」

「もちろん、違いますが」

「私も自分一人でなのよ。もう一年以上もかかっているけれど、弁護士に支払う費用もばかになんないからね。ほら、こうして、一生懸命書いてるのさ」

分厚い百枚ほどの書類の束を見せてくれた。

「はあ」

「うちのばか亭主、不倫してね、だからさ、離婚しようと思ってね、有利に進めなきゃと思って、ほらね、いっぱい書いて、負けてられないしね」

意地の残っている低い声で笑い、暗い顔を作った。

「すごいですね」

「そうよ、あなたも負けたらだめよ。男なんて、女をばかにしてるんだからね」

「あの、私は、交通事故裁判なんです」

「あら、そうなんだ。頑張ってね」

「失礼いたします」

礼子が立ち上がると、彼女は少し小声になって独り言のように言った。

「一生懸命書いてるんだけどね、あの受付の女の人、書記官ね、何度も書き直させるのよ。まったく」

礼子は、軽く頭を下げて早々に退散した。礼子が弁護士をつけないといった時の書記官の表情を思い出した。書記官も裁判官もあの書類すべてに目を通すのだから、仕事とはいえ大変だと思うと少し気の毒な気もしたが、なんだか愉快な気もした。

この日から礼子は、息子夫婦からプレゼントされた大きなカバンを肩から下げて、再び動き始めた。たった一人での戦いではあるが、気分は応援してくれる人がいることに心温かくして戦える。

チェロとコーヒー

家に帰ると礼子は、お気に入りのチェロ曲をかけた。チェロの音が心地よく室内を駆け巡る。お湯を沸かしてじっくりコーヒーを入れる。温めたカップにろ紙を通して薫り高くコーヒーが落ちていく。四十年以上も前に銀座で買ったフィンランド製のコーヒーポットとカップ。その白地に濃いインディゴの太い筆で描かれたような花柄の醸し出す雰囲気を、夫はとりわけ気に入っていた。いつの間にか礼子も、このコーヒーセットとの生活に親しんで暮らすようになっていた。口の中でコーヒーを回し、軽い酸味と透明感を楽しむ。うまみがしびれるほど体中をめぐり、固い決意を確かめさせた。

「これからが戦いだ」

礼子はカッと目を開いて、コーヒーを飲みほした。ドキドキしながら大きな机に向かった。

「よし！」

大カバンを机のわきに置き、裁判所から渡された書類を開いた。「受付票」を前に、来たる裁判に対峙するという強い思いが、体の芯からカリカリと音を立てて動き出す。まだ、受付すらされていないが、礼子の行進曲「たった一人の裁判」のタクトが振られようとしていた。かすかに楽器の音合わせが始まり、プロローグの演奏がまもなく始まる。

「訴状」を前に、礼子には何の迷いもなかった。書記官の「時系列に沿って」という言葉に従って、事実のみを記載した。「事故状況図」も苦心して書いた。もう礼子には時というものは存在しなかった。きっかりと書くこと調べることに時間を費やした。

もう、四月に入っていた。裁判をするという意気込みとは裏腹に、裁判をするにはわからない言語が数多く存在していた。法律用語には馴染みがなかったので、一つひとつ調べなければならなかった。悪戦苦闘しながらも、言葉を丁寧に理解することから始めていくという以外に方法はなかった。

●「訴状」とは、裁判所に民事訴訟を提起するにあたって原告が裁判所に提出する、訴えの内容について記載された裁判書面を言う。

●「民事訴訟」とは、私人間の生活関係（民事）に関する紛争（権利義務に関する争い）につき、私法を適用して解決するための訴訟である。

●「私法」とは「私人間の権利・義務関係を規律する法」を言う。

「私人間」を（しじんかん）と読むというように、読み方すら定かではない。次から次へと出てくる聞いたことのない言葉も、悪戦苦闘の調査の対象となった。しかし、礼子はそれを調べたり書いたりすることに没頭できた。一人で裁判というものに挑戦することに決めていたからだ。さらにどんどん月日が経っていった。

礼子がようやく「訴状」を携えて裁判所に出向くまでに、さらに三か月の期間を要していた。出向いたときは、すっかり暑い季節に変わっていた。

カバンの中で「訴状」だけが大きな光と重みを放っていた。裁判所に着くと四階の簡易裁判の受付に行き、「訴状」と「事故状況図」等を提出し、さらに愛車Lセダンの「損傷部分の写真」、「修理代金見積書」、「修理代金領収書」のコピーをそろえて提出した。

これはあくまでも「届け出」をしたに過ぎない。受理されてもいない。それでも礼子は、大仕事を終えたかのような感慨を胸に帰宅した。後日、書記官から「訴状」に対しての質問や誤字脱字の指導があるというので、それを待たねばならなかった。

礼子は、ブラームスの交響曲を音量を上げて室内を満たして過ごした。

しばらくして、書記官から訴状の受理をするので、千円の収入印紙と六千円分の切手を用意してくるように指示があった。

早速、郵便局で切手を買い、裁判所の売店で収入印紙を買いそろえて、四階の受付窓口に出向いた。まだ、裁判所というところに慣れていないので、時々、キョロキョロと迷いながら、たどりついた。受付口には常に来所者があり、いつもの書記官が一人で手際よく対応していた。室内には十人近くの職員がいたが、各自見向きもせずに自分の仕事に没頭していた。書記官に持参した切手と収入印紙を差し出した。彼女の顔にはいつも表情がない。

「緑川さんの訴状を拝見しました。提出書類も拝見しました」

「はい」

「緑川さんは文章を書けるのですね。訂正はありません。訴状はこれで受理しました。大丈夫です。事故状況図もこれで大丈夫です」

そう言い口元をかすかに緩めた。収入印紙と切手の領収書を書いてくれた。

「日程が決まりましたら、ご連絡いたします」

「はい」

「裁判までに、緑川さんが訴状には書いていないことで、裁判官に伝えたい考えや気持ちを陳述書に書いてお持ちください。書くときは、できるだけ時系列に沿って、簡潔にお書きになって、お持ちください」

なるほど、と礼子は思った。あの事故状況図だけでは判断は厳しいと、内心危惧していたところだった。帰ってきて、いつものチェロ曲をかけた。チェロが流れ出すと身も心も解放され、礼子はその旋律の中に溶け込んでいく。

訴状が受理された。これで今度こそ本当にスタートし始めたことになる。礼子は理由もなくにんまりした。そして、さらに調べられることは調べようと心新たにした。

事故当日の「交通事故調書」を書いていた二人の警察官のいる警察署を訪ねた。あの時の警察官の一人は他の警察署に異動になっていて、もう一人は、交通課から生活安全課に異動になっていた。生活安全課に行ってみると外出中だと言われ、二時間も待てないので一旦帰宅した。

翌朝、教えてもらった警察署の生活安全課の電話番号に電話すると、すぐにあの時の警察官が出てくれた。

「ああ、覚えていますよ。あの交差点のあの時、キャラメルカラーのバンに続いて矢印に従って右折中に、バイクに接触されたと言ってましたよね」

あの時のだるそうな不安定な印象とはまったく違う明確な答えだった。前もって調べておいてくれたのかもしれないが、この明確な答えがあればいいと礼子は安心した。後日、事故調書を取りに行きたい旨を伝えた。

「裁判所からも交通事故調書請求がありましたよ」

「では、裁判所からいただけるのでしょうか」

「さあ、そこのところはわかりませんが、ただ、保険屋さんからもありましたよ」

「そうですか。わかりました」

一般的に警察官は、市民に対して丁寧な言葉を使い、丁重な態度で向き合ってくれる。事故の日のような少々怠慢ともとれる態度から一転していた。礼子は、苦笑した。

裁判所が警察から取り寄せた「交通事故調書」の写しが送られてきた。それは、やけに簡単なもので、両車がどの方向に進行していたか、どこで接触したかの記載程度であった。やはり、陳述書は必要だと納得した。書記官の勧めに従って「陳述書」もしっかり書くことにした。さっそく取り組んで、日数をかけて、二枚の陳述書を書き上げた。それに署名捺印をしてから裁判所に提出した。

この「陳述書」には「付記」を書いた。こういう裁判所の「陳述書」の書類に付記なるものが存在するのか、付記をしてもよいのかわからなかったが、礼子はとにかく書いた。「付記」を書きながら、「ママに怒られる」と繰り返し、小さい黒い眼を泳がせていた青年を思い浮かべていた。

付記

今回、訴訟を考えた理由。

①原告に、過失が考えられなかったのが第一義である。

②被告は、事実と異なることを主張し、罪から少しでも逃れようとしている。被告はまだ三十二歳の若者であり、今後長い人生がある。被告はバイクの運転ばかりではなく、自分の行ったことにキチンと向き合い責任を取る生き方をしてほしい

と、原告は切に願うものである。

自分の起こした事故が、保険や母親に守られて保護されてしまうということは、この青年の人生にどのような影響を与えるのか。自分を変える重大なチャンスを奪うことにならないだろうか。

礼子は、今や書くことが戦うことで、それがどんどん進行していることを体で感じ始めていた。

礼子のもとに、M保険からこの事故に関して、保険を使用した場合と使用しない場合の保険料の照合表が届いた。事故後すでに、M保険の北条から説明を受けていたし、「保険は使わない」と伝えてはあったのだった。M保険の北条は親切なのだ。

「緑川さん、D保険から、もう少し引いてもいいと言ってきていますが」

北条が電話してきた。

「ありがとうございます。北条さん、でももう、裁判所に訴状を提出してきましたので」

「そうでしたか。安倍川さんは、バイクの修理は含めなくてもいいとも言ってきています」

「せっかくですが、今回は裁判をすることにします」

礼子は、もう少し引いてもいいという相手側の出方にうんざり感を抱いた。

そして、驚いたことにそのすぐ後に「事故調査報告書」が届いた。M保険会社内部で北条が動いたに違いない。M保険の漆久保重晴は専門家の立場から丁寧な分析をして「事故調査報告書」として「信号サイクルと現場環境から、原付バイク側の信号の色を考察」を「添付資料」の考察文書とともに送ってきた。

礼子はさっそくM保険会社に出かけて、「事故調査報告書」を書いた漆久保重晴を訪ねた。自分の知らない分野のことは、書類を読むだけではなく直接対面で聞くほうがよりわかりやすいからだ。

「初めまして、緑川礼子です。この度は、ご丁寧な資料を送っていただき、本当にありがとうございます」

「実は北条から、弁護士を付けないで、緑川さんお一人でこの裁判をすると聞いています。そうなんですか」

漆久保は、鋭く観察するような目つきで礼子を見た。

「はい。十万円以内のごく少額の裁判ですから自分でと」

「そうすると、五・五で五万円以内ですね」

「はい」

相手の口調からは、あたかもそれでも裁判をするのかとでも言っているかのように聞こえたが、現に漆久保は面白がっている風でもある。礼子はなんだか彼の人柄が愉快になってきていた。

「申し訳ありません。こんなにご丁寧な資料を作っていただいて、本当に助かります」

「緑川さん、そんな謝る必要はありません」

漆久保が笑いながら言った。

「北条から聞いてますよ。国民の裁判を受ける権利をやってみたいとか、で」

「あ、お聞きになっていらしたのですね」

ちょっと気恥しい気もしたが礼子も笑った。

「はい、なかなかそのような機会はありませんので、今回は裁判とはどのようなものか、ちょっと体験というか、頑張ってみたいとも思いまして。不謹慎でしょうか」

「まさに、国民の権利の一つですから」

漆久保は、楽し気に笑った。

「それに、この事故で五・五は、なかなか許容できません」

礼子はきっぱり言った。

すると、漆久保は少し厳しい表情をして言った。

「緑川さんに参考にしていただこうと思いまして」

漆久保は腰を浮かせて、机の上に置いてあった紙袋から資料を取り出した。

「事故現場に行って写真を撮ってきました」

「行ってこられたのですか」

礼子を驚かせた。

テーブルに交差点の写真を数枚並べてから彼は言った。

「こちらが、動画のＤＶＤになります。車が動いている時の映像の方が裁判官にわかりやすいでしょうからね」

県庁の交通事故相談員の佐藤が〝裁判官なども交通事故にそれほど詳しくない〟と言った言葉を思い出した。

「よろしいのでしょうか」

礼子は、素直にうれしかった。

「こんなにしていただいて。本当にありがとうございます。…今回は保険を使わないことをお伝えしていますのに」

「ええ、大丈夫ですよ、お気遣いなさらないでください。保険は使わない、弁護士はつけない、ですね」

漆久保は、ことのほか愉快そうに体を揺らして笑った。それから、資料のポイントを素人の礼子にも理解できるように、丁寧に説明した。やはりベテランだと感心して、漆久保の顔をじっと見てしまった。

「私どもは、当社のお客様は大切にするのですよ」

なんでもない事のように言う漆久保に対して、礼子は深く頭を下げた。実際は北条と漆久保の仕事に向かう姿勢なのではないかと敬服してしまった。

「緑川さん、今ご説明したように、この信号サイクルを是非とも参考になさってください。さあ、お持ちくださいさい、差し上げます」

彼は、また笑った。しかし、礼子は緊張し、恐縮していた。

帰りの車を運転しながら、こんなにしてくださる方がいるから、頑張ろうと思い、礼子の中になんだかエネルギーが湧いてきたような、エネルギーをいただいたような、心の中に陽気なジャズが流れだした。

帰宅してからいただいた文書を改めて見ると、丁寧な「事故調査の解析」文と交差点の写真が各方向から撮られていた。また、ＤＶＤは事故現場の通常の交通状態がプロならではの的確なとらえ方で撮影されていた。

〝すごい！〟

これに解説もついているのだから、感動してしまった。礼子は丁寧に時間をかけてさらに研究をした。秒単位の車の動きを計算したり、車と信号の色との関係を図式化してみたりした。漆久保の資料はおおいに礼子の考える根拠となっていった。

訴状が受理されてから、約一か月後に、第一回目の裁判口頭弁論の日程調整がなされた。

礼子は書記官から提示された日程で了解した。

「緑川さんの訴状を、被告になられる安倍川さんにも送りました」

書記官の言葉に、ハッとなった。礼子が原告、安倍川直生が被告ということになる。「原告」とか「被告」とかの言葉が、現実になったことにまた緊張した。頭でわかっていたものが現実となっていく。その度に礼子は体いっぱいにそれらを受け止めていかなければならなかった。

同時にこの時初めて、礼子の訴状が安倍川サイドにも送られたことを知った。こんな基本的なことも新しく感じて、やはり、礼子はハラハラドキドキで緊張感が昂ってくるのを感じずにはいられなかった。礼子はやはり素人なのだ。いいのだ、オドオドしてもいい、たった一人でやってみるのだ、そう自分を納得させながら気持ちを引き締めていった。

そのすぐ後に、被告となった安倍川直生側から出された「答弁書」のコピーが裁判所から送られてきた。安倍川直生には横浜の二人の弁護士がついていた。

その答弁書には、簡単に「原告の請求をいずれも棄却する」とだけあった。簡潔であったが、礼子には十分に厳しく重い言葉に受け取れた。素人だからこの言葉にもやはりドキドキしてしまっていた。

裁判の始まり

第一回口頭弁論の日、礼子は久しぶりにスーツを着て大きいカバンを持った。夏の暑さも気にならなかった。

裁判に関しては、口頭弁論の日程も家族に知らせていなかった。家族と言っても、礼子には一人の息子しかいなかった。彼は転勤で、夫婦で他県に転居している。

「一人で裁判するから、大丈夫」

と言っておいた。この息子夫婦からプレゼントされたのがこの大きなカバンなのだ。

裁判所内の案内板を見ながら指定された法廷の入り口に来てみると、同じ法廷で午前だけでも十件くらいの訴訟があった。原告入り口からそっと入った。法廷内はテレビなどで見る型通りの風景で、中央の傍聴席は記者席だったが、空席だった。座って待っていると開廷間近になり、ぞくぞくと多くの人が詰めかけてきた。誰もが無言で厳しい顔つきをしていた。礼子の前の二つの裁判は、あっという間に終わって、礼子の順番が来た。

「緑川さん、こちらの原告席に、お座りください」

書記官は、初めて裁判に挑む礼子に親切に案内してくれた。安倍川の弁護士は二人とも女性で五十代くらいと四十代くらいだった。ベテラン風の二人は、弁護士らしく落ち着いた色合のスーツを着ていて、その襟元には弁護士バッジが威厳を放っていた。

「起立」

裁判官三人が入廷してきて席に着いた。

「原告、緑川礼子」

「はい」

「被告、安倍川直生」

「はい」

被告弁護士が答えた。

「原告、訴状の通りでいいですか」

「はい」

「被告も、この通りでいいですか」

「はい」

「では、次回は一か月後に」

そういって、書記官を見た。

「起立」

裁判官が後方真ん中の扉から出て行った。すると、すぐに次の裁判を受ける人が立ち上がってきたので、礼子は急いで廊下に出た。あっという間に終わった。それでも、礼子の口の中も喉も緊張でカピカピに渇いていた。カバンからお茶を出してすぐに飲んだ。ふと、膝も頼りなく震える寸前まで来ていた。これが実際の裁判だと重く受け止めた。

一週間程すると、書記官から連絡が入った。

「第二回期日は、被告の答弁書に対する原告の反論を述べてもらいます。準備書面をもとに互いの言い分の応酬になります。準備書面や陳述書をよく読んで、裁判の準備をしておいてください」

「…はい。すみません。その、二回期日というのは、どういうことでしょうか」

書記官が、電話の向こうで微笑んでいるのが声の調子でわかった。

「口頭弁論は第一回期日、第二回期日というように回を重ねて言います」

「はい、わかりました。それでは、次回が第二回期日というのですね」

受話器を置くと、すぐに書いておいた準備書面や漆久保の文書をもとに、もう一度頭の中を整理した。質問の応酬があると思うだけで、礼子は悲鳴を上げたくなるほどだった。


安倍川直生の弁護士の準備書面コピーが、次回の口頭弁論のために送られてきた。それに対する反論を書かなければならない。第二回期日の一週間前には裁判所が相手の方に送るので早めに仕上げなければならなかった。

被告の「準備書面」を読み始めて、礼子の頭が混乱してきた。被告側の弁護士の書いている文書に反論文を書かなければならないのだが、交通事故自体はごく単純なものなのに、書かれている文章がわかりにくく、理解不能に陥ったのだった。なんとも難解な文章だった。丁寧に読んでみる。文章読解には多少なりとも自信があった礼子ではあったが、まったくといっていいほど歯が立たなかった。文章の初めからつまずいてしまった。

「ぬぬ〜、わっかりにく〜」

次の日も思考が途中で途絶えて、迷路に落ち込んでいた。

「一体、この書きようが弁護士の一般的文章なのか。多くの人が裁判をするときには弁護士に頼るのには、こんなことがあるからか」

礼子は何も手がつかなくなっていた。読んでいて途中から混乱してくるのだった。

「理解不能！」

根詰めて読んだり書いたりすることは、本来の礼子は得意とするところだったが、さすがにこれには最初から理解不能状態が発生してしまった。しばらく進んではやはり頓挫する。

礼子は、被告の答弁書を机に開いたまま放置した。

夜も布団の中に潜り込んでから、礼子は己の文章理解力の欠如に苦しみ、なかなか寝付かれない日が続いた。

「まてよ」

礼子は訴訟をきっちりすると決めていたはずだったのではないか。投げ出すわけにはいかないのではないか。思い直して取り組むが、継続するには限界を感じてしまった。連日、頭を抱えていた。すべての音を消してデスクに向かっても駄目だった。

礼子は、ボウリングに出かけた。久しぶりで１４０のスコアも出ない。すっきりしようと思ったのに、ますます重たい気分になった。

再び、じっと答弁書とにらめっこをしていると、理解不能に陥っている自分が情けなくなった。礼子は、泳ぎに行った。ゆっくり遊泳していても、頭の中は理解不能の己の混乱状態を強く知るだけだった。苦しかった。

礼子はふと考えた。

「この文章はこの世界の人たちにとっては当然なのかもしれないが、私はこのような文章を許さない。こんなわかりにくい文章では戦えない。これはあくまでも安倍川サイド、いや、あの弁護士の文言であって、それにのみ込まれるわけにはいかないのだ。こんな文章を書いて弁護士面するな」

礼子の怒りは増幅していった。文章は、誰が書いてもいい。しかし、普通の人が読んで、まったく理解不能に陥るような文章は、思い上がりだ。

「一般国民をばかにするな」

礼子は声に出して叫んだ。

「もっと、わかりやすい日本語で書け」

それから礼子は考えた。

「これは、いわゆる悪文なのではないか」

読書が好きな礼子は、これまで多くの本と巡り会ってきていた。高度な専門書も、良文であれば一般の読者は読めるのだ。異分野の著書でも読めるのだ。これまでも礼子に読ませてくれるものが多く、惹きつけられて読んできたつもりだった。

今回の答弁書で原告たる礼子が混乱するのは、向こうの思うつぼではないか。たった一つの交通事故という、同じ題材に向き合っている。答弁書は、礼子に答弁しているはずのものではないのか。否、裁判官か法に向けてか。どちらにしても難解な文章だった。これ以上考えが及ばなかった。

被告の答弁書は最初から「原告」の訴状を全否定をしているが、その答弁書は、論理破綻しているではないか。さらには、フィクションのオンパレード。礼子はそんなこととまともに戦うことの無意味さを感じ始めてきていた。

礼子は散歩に出た。歩くことは考えること。どのように戦うかを模索しながら歩いた。礼子の家から十分ほど歩くと代用水路が広がっている。

この代用水路は、江戸時代に幕府が新田開発のために普請した灌漑農業用水だという。すごいことを考え実行したものだ。今に至っても水田に水が供給され、飲料水としても供給されていることに、感慨深いものがある。

この代用水路に沿って周囲に畑が広がっている。近年ではこのあたりに高速道路を通す計画があるという。自然保護団体は、このあたりの自然を保護するために、土地を買ったり、畑を耕作したりして、自然が壊されることを防いでいると聞く。月に一度は有志が集まってあたり一帯を清掃しているとも聞く。

その成果なのか、ここへ来ると風の香りが緑をふくんでいて柔らかくておいしい。この代用水路に沿って見事な桜並木が、全長二〇キロ超にわたって続いている。桜並木は約二〇〇〇本に及び、日本一の桜回廊と呼ばれている。さらに、時には真っ白な鷺が畑に舞い降りているのを目にすることもできる。

礼子はただぼんやり歩いた。頭の中で渦巻いている混乱は、代用水路の歴史とその果たした役割の大きさからかけ離れたちっぽけなものに思えてきた。しかし、このちっぽけさは、一《いち》市井人の礼子には大切なことだった。すぐにギブアップするならば、はなから「裁判をしてみんとす」なんてことを言いだすべきではなかったのだ。

「うん、愚痴っていても仕方がない。少しでも自分の力でできることをしよう」

礼子の歩調が速くなった。

「そうだ、自分の書き方でいこう」

礼子は、相手の書き方にとらわれ過ぎていることから脱却することにした。しっかり地面を蹴った。力強く音を立てて歩いた。急ぎ足で自宅に舞い戻った。机に向かって、答弁書の大まかなまとめを再度見直した。相手の手のひらに乗らないことにして、自分の書き方をすることにした。

書くことは戦うこと

礼子が心がけたのは、論理的に書くこと、読み手にわかりやすく書くことだった。裁判官は、毎日毎日膨大な資料に向き合っているはずだ。きっと読みやすければきちんととらえてくれるはずだ。礼子はその論拠となる資料も添付して示しながら論述していった。

大まかにいえば、一、被告の主張の間違いを指摘して、原告の反論事項。二、被告と原告の共通認識事項。三、原告の主張事項。このように三つに分割して陳述し、最後にまとめを書いた。

被告弁護人の極めて悪質な虚構の文章の連続を見て、礼子は法律家がすることではないと、心底怒りを感じた。弁護士には正義心がなければならないはずだ。このような虚構を書く人は、法に携わってはならない人なのではないか。
原告たる礼子は準備書面の末尾に次の言葉を添えた。

〝被告は原告に事故当日数回電話をかけてきた。話し方にずるさは感じられなかった。被告は素直さを持った普通の青年に感じられた。弁護人のかかる虚構は、将来ある被告の生き方に、どこまで「虚構して生きるか」を押し付けていて、将来の生き方に負の経験を与えてしまいかねないと危惧するものである〟

被告の安倍川直生（三十二歳）を思って、礼子は加筆したのだった。しかし、本来ならば安倍川直生自身がこのような茶番に自覚を持って対処すべきとも感じていた。

第二回期日の日、受付に行くと書記官が礼子を見つけると飛んできて言った。
「緑川さん、すみません。裁判長から、緑川さんから言いたいことや聞きたいことを伺っておくように言われていました。裁判長が代わって質問してくださるということでしたが、忙しくて、すみません、緑川さんにご連絡できませんでした」

「わかりました」

それだけ言って法廷に向かった。礼子には裁判官の人間性がうれしく感じられた。つまり、安倍川被告には二人の弁護士がついているが、どう見ても初老のド素人の礼子一人では相手との応酬に心配があると思ったのだろう。

礼子は、十分に論理性をもって文章を書いていたし、また添付する漆久保の検証データ・写真等を用いているので論拠をもって対峙できると自信を持っていた。それでも、裁判という初めて尽くしに、素人の礼子はまだまだ泳ぎ始めているに過ぎなかった。

ところが、第二回期日も十分ほどで終わってしまった。

礼子の書いた準備書面についての応酬は、第三回期日になるとわかった。被告側が第三回期日に再反論の準備書面を作成のうえ行うこととなった。このような少額賠償裁判では準備書面として文章で言い分を前もって提出しておくので、法廷で新しい何かが出てくることはほぼないので、裁判官も双方の言い分を十分に把握しているようであった。そのうえで疑問点があれば問いただすのだ。

礼子のもとに被告側からの再反論の準備書面が届いた。さらにわかりにくい文章だった。それはフィクションを正当化して見せるための文章工作であった。こんなことが許されるのだろうか。礼子は一層不信感を抱くようになっていた。次回は質問の応酬があるようだった。

第三回期日が開催された。この日は、安倍川直生が出廷していた。

原告の礼子が質問した。

「安倍川さんは先頭で止まっていたとありますが、そもそもどの車線の先頭に停まっていましたか。例えば、歩道側とか第三車線とか」

「ええと、第一車線の歩道側の先頭です」

安倍川は消え入るような声で言った。礼子は続けた。

「では、先頭にいて交差点内を視認できないというのはどうしてなのでしょうか」

「…わかりません。覚えていません」

これは、前もって弁護士に言われたのだろう。不都合なことや曖昧なことは〝わかりません。覚えていません〟と、逃げ切るようにと。極めて不誠実だ。

「でも、先頭にいたのですから、交差点内は見えていたのではないでしょうか」

そこで被告弁護人がサッと立ち上がって発言した。

「誘導尋問になっています」

「原告は、言い方を変えてください」

裁判官が言った。礼子は、次の質問に移った。

「あなたのバイクは、非常に傷がついていますね。さらに前輪の泥除けがめくれています。あれは、どうしたのですか」

「ええと、この前転んで、そうそう、結構派手にこけましたね」

「バイク自体が傷だらけでしたね」

「まあ、バイクの傷は、もともと転んでいるので、何回かは」

礼子は、安倍川が普段から乱暴な運転を重ねていることを裁判官に印象付けた。さらに続けて聞いた。礼子は弁護士でもないし裁判慣れしているわけでもない。しかし、人前で話すからには堂々と、少なくとも相手からは堂々としているように見えるように頑張った。

「あなたの主張ですと、私の車はあなたのバイクと第一車線から、接触するまで第一車線・第二車線そして右折車線を入れると約十八メートルの間を並走したことになります。そのようなことはありませんでした。またあり得ない状況でもあります。どうですか」

安倍川直生は何も答えなかった。

すると、裁判官から、礼子の状況について質問があった。

「あなたはどこへ行く予定だったのですか」

「友人を送って、家に帰る途中でした」

「あなたの出した資料と写真を見てください」

「はい」

「あなたは、進行方向に向かって、つまりですね、この大きな交差点に入る時です」

「はい」

「進行方向に向かってですね、信号が青に変わったのを見て、大急ぎでスピードを出して、交差点に入ってきたのではありませんか」

「いいえ、違います。交差点前の道路、この進行方向には、交差点手前に道路があります。その角を左折して進行方向に入って、そこで待機していました」

「では、あなたの前には、車は何台いましたか」

「二台か三台、確かではありません」

裁判官の質問の口調は厳しかった。裁判官は礼子に多方面からいくつか基本的なことを質問してきた。この裁判官も車を運転することが感じ取れた。だが、提出した文章をすべて把握しているとは言いがたかった。それは事故直後、礼子がプロであるM保険の北条に電話した時も、北条でさえも事故状況や損傷状況に疑念を抱いたくらい奇妙な事故形態であったからだ。

料金受取人払郵便

新宿局承認

2524

差出有効期間
2025年3月
31日まで
（切手不要）

郵便はがき

1 6 0-8 7 9 1

1 4 1

東京都新宿区新宿1－10－1
（株）文芸社
愛読者カード係 行

ふりがな お名前			明治 大正 昭和 平成 年生	歳
ふりがな ご住所	□□□-□□□□			性別 男・女
お電話 番　号	（書籍ご注文の際に必要です）	ご職業		
E-mail				

ご購読雑誌（複数可）	ご購読新聞 新聞

最近読んでおもしろかった本や今後、とりあげてほしいテーマをお教えください。

ご自分の研究成果や経験、お考え等を出版してみたいというお気持ちはありますか。

ある　　ない　　内容・テーマ（　　　　　　　　　　　　　　　　　）

現在完成した作品をお持ちですか。

ある　　ない　　ジャンル・原稿量（　　　　　　　　　　　　　　　）

書　名				
お買上 書　店	都道 府県	市区 郡	書店名	書店
			ご購入日	年　　月　　日

本書をどこでお知りになりましたか?

1.書店店頭　2.知人にすすめられて　3.インターネット(サイト名　　)

4.DMハガキ　5.広告、記事を見て(新聞、雑誌名　　)

上の質問に関連して、ご購入の決め手となったのは?

1.タイトル　2.著者　3.内容　4.カバーデザイン　5.帯

その他ご自由にお書きください。

(　　)

本書についてのご意見、ご感想をお聞かせください。

①内容について

②カバー、タイトル、帯について

弊社Webサイトからもご意見、ご感想をお寄せいただけます。

協力ありがとうございました。

お寄せいただいたご意見、ご感想は新聞広告等で匿名にて使わせていただくことがあります。

お客様の個人情報は、小社からの連絡のみに使用します。社外に提供することは一切ありません。

書籍のご注文は、お近くの書店または、ブックサービス(0120-29-9625)、セブンネットショッピング(http://7net.omni7.jp/)にお申し込み下さい。

右折しようとする原告車両が、大きな交差点中央あたりにさしかかった時、被告が右側から急に飛び出してきて、原告の車を巻くようにふわりと右から左へ回って、バイクの後部と原告の車両の左側バンパーが接触したものである。

また、裁判官は、きっちりとした口調で漆久保の資料についても質問をしてきた。礼子は、これも文章化し図式化し十分理解していたし、距離と車の速さの計算もしておいたので、容易に説明もすることができた。したがって、尋問には、余裕をもって答弁することができた。裁判官は、資料を替えた。そして、被告安倍川にではなく被告弁護人に対して、これも厳しい口調で質問をした。答弁書や準備書面の文責は被告弁護人になっているからだろう。

「被告弁護人、被告弁護人の反論を読みますとですね、このように、ここに書かれているように主張されるのでしたら、時系列に沿ってこの主張が可能かどうか、実験をしてみてください」

「実際にですか」

「そうです。可能かどうか、タイムも計ってください」

「そ、それは不可能です」

「どうしてですか」

「交差点の車を止めて、なんて、無理です」

「いえいえ、どこかほんの少し広場を借りたらいいじゃありませんか」

「…」

被告側弁護士は、裁判官との攻防は慣れているのか語気を強くして言い返していたのだがついに黙ってしまった。つまり、裁判官は、ありえない状況説明を平然と言ってのけている被告の弁護人に対して、少々苛立ちを感じているともとれる話し方だった。

「次回期日は、…」

裁判官が、書記官の顔を見た。

「追ってご連絡しましょうか」

「起立」

裁判官が、退廷した。次の裁判を受ける人がすぐに来るので、礼子は急いで廊下に出なければならない。ここで、礼子の体がフラッとした。非常に緊張していたので足が地についていないことを実感した。

調停

法廷を出たところで、呼び止められた。

「緑川さん」

「…はい」

「私は、調停委員の宮川と言います。ちょっとよろしいですか」

「はい」

「今回の件、調停を行いたいと思いますので、おいでいただけますか」

「わかりました」

礼子は、調停はしないと思っていたのに、なんだかよくわからないうちに了解してしまっていた。

調停をするという日に、指定された部屋をノックした。中にはコの字型に二人ずつ座れるように机が並べられていて、すでに調停委員の宮川と書記官が真ん中の机に並んで席についていた。その左側に被告弁護人が二人揃って座っていて、礼子は右側に座った。時計はまだ五分前であった。宮川は何度も時計を見たり、資料を見たりしていた。書記官はいつも通り、姿勢正しく表情ひとつ動かさない。被告弁護人二人はこそこそと話し合ったり、笑顔を見合ったりしていた。礼子は姿勢を正して両手を膝の上で組んで膝をそろえた。資料を机の上に置いたまま、視界に入っているこの部屋の光景が見えていないかのように表情を動かさなかった。

「え〜、それでは、調停に入ります」

宮川調停委員は一度時計に目をやって、礼子と被告弁護人に軽く会釈をした。それから、膝を交える的な話し方で礼子に語りかけてきた。

「緑川さん、ええと、今回の事故は五・五でいかがでしょう」

唐突に言われて礼子は戸惑った。

「被告の弁護人の方々も、五・五ならばいいとのことです」

礼子は宮川の言葉に耳を疑った。この人は何を言っているのだろうと驚いてしまった。

「…」

「いかがでしょうか」

礼子は、二人の被告弁護人のかすかに人を見下した頬のゆるみを見た。この二人の女性は、宮川調停委員に何を言ったのだろうと、不快さが湧いた。

「失礼ですが、私の書いた文章をお読みいただいていますか」

礼子は、宮川に尋ねた。

「はい、もちろん読んでいますよ」

さも、当然とでもいうような言い方だった。礼子の頭の中でカチンと音がした。二人の弁護人は互いの視線を合わせた。

「読んでいて…ですか」

「交差点中央であることや、ドラレコとか事故を見ていた証人がいるとかではありませんからねえ。なかなか、これ以上は厳しいと思います」

礼子はどう切り出すべきか迷った。

「被告弁護人の方はどうでしょう」

「そうですね、ギリギリで五・五ですね」

ベテラン風の年上の女性弁護人はしたり顔で言った。今日の彼女の化粧はきつめで口紅が際立って濃い赤だ。

「ま、このようにこちらは五・五で、納得されています」

「…」

宮川は本当にこれが正しい判断だと考えているのだろうか。書記官は下を向いて記録を取っているようだった。

「緑川さん、いかがですか」

礼子の普段の生活の中で、これほど体中の細胞が沸き立つ不快と戦うことはあまりない。

「これでよろしいですね。緑川さん」

「ええと、…」

礼子は言葉を切ってから、正面の少し上方に目を向けた。抑揚のない調子で静かに言った。

「それでは、調停を受けないことにします」

礼子に迷いはなかった。

「調停は受けませんので」

礼子はきっぱりと断りを入れた。宮川は、じっと礼子を見つめた。礼子は机の上に出しておいた資料をさっさとしまいこんだ。

「緑川さん、よく考えてみてください」

宮川の言葉の向こう側に、にやけ顔の弁護人二人が見える。礼子は立ち上がると大カバンを肩にかけた。

「失礼します」

宮川に、一礼をした。

「緑川さん、いいですか、調停を断ると、裁判官の印象が悪くなりますよ」

その宮川の言葉に礼子の怒りは爆発した。

「結構です。これでは裁判を起こした意味がありませんので」

「痛み分けということですよ」

「失礼します」

礼子は、さっさと部屋を出た。礼子の怒りは噴火していた。ふざけんな、とも叫んでいた。

調停委員といい被告弁護人といい、一体、彼らはどうなっているのだ。法律を学び、厳しい弁護士資格を取っても、それでも物事の真理を究める理解力が足りないのか。それとも真理を追究しようという姿勢はないのか。素直な心すら欠如しているのか。それならばこのような人を裁くことに関わる重大な仕事から、外れるべきではないのか。いや退いてくれ。調停委員・弁護士だからと多くの人はひれ伏すのかもしれない。礼子はひれ伏さないぞと、改めて決意を固くした。怒っていた。県庁相談員の佐藤が言っていた言葉がよみがえった。

〝調停委員は交通事故が専門ではありませんよ〟

それにしても、ひどすぎると思った。

「裁判官の印象が悪くなりますよ」と、半ば脅しのような発言をするなどとは、礼子をことさらに立腹させていた。少しでも自分より弱い立場の人や困っている人に対して上から強く出るような人を、礼子は「隠れ権力者」と呼んで軽蔑している。調停委員も法律に携わる者であり、彼らの資質の低さが礼子を苛立たせた。

「裁くなら、堂々とどこまでも戦う」

寂寥《せきりょう》とした感に襲われた。裁判所の外へ出ると、九月も終わろうとしているのに厳しい残暑が、じわっと礼子にまとわりついた。

Ｌセダンはいつもの表情で主を待っていた。この時、礼子の心の中には、今回の裁判では何も期待できないことが徐々にわかってきた。しかし、礼子はキッカリとその先の裁判を見据えていた。その思いには、一点の曇りもなかった。裁判所を出て、振り返ってもう一度裁判所を見たとき、礼子の目には激しく戦いの炎が燃え上がっていた。

家に帰って、お気に入りのチェロの曲を流す。旋律が心地よく漂うのを聞いていると哀しみも湧いてきた。電話が鳴った。M保険の北条だった。

「調子はどうですか」

「今度は第四回期日になります。どうなるのか私にはよくわからないんです」

「そうですか。漆久保も心配しています」

「恐れ入ります。実はですね、今日、調停というのがありました」

礼子は、ありのままを伝えた。

「そうですよね。緑川さんはそもそも五・五が不服で裁判をしているわけですものね」

「調停委員の言葉に納得いきません。さらには、安倍川さんの弁護人の書かれた歪曲された文面に衝撃を受けています。今度、M保険にご説明に上がります」


言葉通り、礼子は後日M保険を訪ねた。北条はいなかったが連絡してあったので、漆久保がのんびり出てきてくれた。

「漆久保さんの資料のおかげで十分戦えます」

礼子は、これまでの経緯と調停のことなどを説明した。漆久保には、何か経験があるのか、ふっと笑みを止めて言った。

「そうなんだよね。私も仕事柄裁判所に出向くことがあります。軽く扱われているのを感じる時があります。もちろん、お忙しいのでしょうし丁重な方も大勢いらっしゃいますがね」

「調停の時、五・五と言われて、思わず調停委員の顔をにらんでしまいました」

漆久保は、愉快そうに声を立てて笑った。

もらい事故

この帰りのことだった。

Ｍ保険を出て、自宅に向かってＬセダンを走らせていた。礼子が片側二車線の第二車線を進行していると、前を走っていた白い乗用車が左車線に移動した。混み合う場所なので礼子は、ペースを変えずにそのまま進行していた。その時、バンッと激しく鈍い音とともにＬセダンの左ミラーがぶら下がった。Ｌセダンの左側を走っていた車がぶつかってきたのだった。先程、車線変更をしたばかりの白の乗用車だった。白の乗用車はそのままその場に止まったが、後続車がいるので並行して停車するのはまずいと判断して、礼子は少し前に車を移動させて歩道側にＬセダンを寄せてから停車させた。

「まったく、大いに迷惑」

礼子はつぶやいてから降りて行った。

男性が女性にぶつぶつ言っている。男性はどうも会社の上司で六十代。運転をしていたのは部下らしき五十代の女性でおろおろしている。礼子に気づくと女性はすぐに近づいてきた。

「すみません。本当にすみません」

謝る表情や震える声の調子から、彼女はかなり動揺していることがわかった。男性が近づいてきて、なんだか妙になれなれしく礼子に話しかけてきた。

「今、警察に連絡入れたから」

ちらっと女性に視線を送ってから礼子に言った。

「こっちの車線に来たらサ、混んでたもんでサ、右車線に戻ろうかって言ったらサ、そのまま右にハンドルきっちゃうんだもの」

両手をポケットに突っこんだまま半ば笑っていた。女性は体の前で両手を組み、恐縮していて再び謝った。

「ご迷惑おかけしてすみません」

「車線変更の時はサ、後ろから車が来ていないか確認しないとダメだよ」

女性は男性にも深く頭を下げた。

礼子が免許証や保険会社などの情報交換を申し出ると、男性は少し離れた場所に移動して電話をかけ始めた。彼女は長谷川裕美と言って五十五歳だった。情報の交換が終わってから礼子が確認で言った。

「警察に連絡してくれたそうですね」

「はい。さっきしていました」

男性を指していった。

「では、もうすぐ警察が来るでしょうから、先ほどから長谷川さん、あなたがおっしゃっているように、あなたの不注意であることをキチンとお話していただけますか」

「はい」

長谷川は大きくうなずいた。交通事故では、どんなに自分が悪くても『謝るな』とよく言われるのに、彼女は謝っていた。しかし、警察が来てから態度が一変する人がいることや保険会社が間に入ると状況が一変することもあると聞いていたので不安が残った。なにせ礼子はまさに交通事故裁判の真っ最中なのだから。

「それに、あなたが十割悪かったとしても、お金を払うのは保険会社か勤めている会社になると思います。この車は会社のですよね」

礼子は車を見て確認をした。女性はきょとんとして答えた。

「はい、会社のです」

「じゃあ、大丈夫だと思います。長谷川さん、あなたが払うわけではないと思います。あなたは、自分がどのように運転したか運転状況を素直にお話しくだされぱいいと思います」

言いながら、礼子はおどおどしている女性のために言っているはずが、なんだか自己防衛のようで嫌な感じがした。しかし、大事な情報なはずだと自分を納得させた。

警察官が来て、先に女性が聴取を受けていたので、その間に、礼子はすぐにも必要なＬセダンのドアミラー修理依頼のために、ディーラーの山野に連絡を入れた。

「左ミラー、使えますか？　使えないと整備不良で運転できませんよ」

山野の言葉に礼子は、そうかとＬセダンのぶら下がっているミラーを見た。

「わかりました、調べて折り返します」

電話を切ると、ぶら下がっていたＬセダンのミラーとボディの擦過傷の写真を撮った。それからミラーを運転席から見えるようにぐいぐい押した。気が付くと、警察官がそばに来て見ていた。

「この車をディーラーに持っていかないといけないので」

礼子は当惑しながらも言った。

「ディーラーは、遠いのですか」

若い警察官は、今度は自分でもミラーの位置を整え始めた。

「ここからですと、ゆっくり走っても十分かからないと思います」

「ちょっと、運転席に座ってみて」

礼子は急いで運転席に座った。

「どう、ミラーの具合」

「はあ、きちんと見えています」

「じゃあ、ミラーはそのままにして、こちらに来てください、調書を取らせてくださ
い」
警察官の対応の仕方で、女性がありのままを警察官に対して話してくれたことがわかった。それでも、礼子は警察官に対して率直に事故の詳細を告げた。
パトカーは帰っていった。

Ｌセダンの修理を依頼するために、ディーラーに到着すると山野が飛び出てきた。

「ほんとですね。ミラーが、これはひどい状態ですね」

山野は代車を用意しておいてくれた。今度の代車は、Ｌセダンより少し小さいが、この前のとは大違いで新車同然だった。ありがたいと感謝した。礼子は、注意してその代車を運転して家に帰った。今日の事故の相手がまともな人で本当によかったと改めて思った。

お茶をいれるためにお湯を沸かしにかかると、電話が鳴った。

「はい。緑川です」

「あ、緑川さん、長谷川です。今日は本当にご迷惑をおかけしました」

まだおどおどしているような声の調子だった。

「大丈夫ですか。お怪我とかはありませんか」

「はい、私は大丈夫です。長い間、ペーパードライバーだったものですから、なんか、慣れてなくて、車線変更って、慣れてなくって」

「…そうでしたか」

「はい、すみませんでした」

「あの、確認です。長谷川さん、今回の事故は、長谷川さんが車線変更のとき確認不足で、不注意で車をぶつけてきた、でいいですよね。こちらはまさにもらい事故なのです」

「はい、すみませんでした」

「それでは、長谷川さんはこれから保険屋さんとお話になると思いますが、十割あなたに非があることを伝えていただけませんか。失礼かもしれませんが、長谷川さんの支払いはないはずです。すると一気にこの事故は解決します」

「…はい」

なんとも心もとない声の調子に彼女のことが心配になるほどだった。それでも、事故の形態から致し方がない。ここに保険会社が入るとこうはならないのだろうなあと礼子は、感じていた。人とは自分の起こした過失に素直に向き合う、そういうものではないか、と改めて感じ入った。安倍川直生の件で、彼と弁護人二人のうんざりするほどの虚構を見ている。

今回も事故に遭遇した時、礼子はいい迷惑だと本心は怒り心頭だったが、長谷川裕美の本心から謝罪する姿を見て感じ入るものがあった。ほんの少しでも自分に有利になるようにああだこうだと知識を駆使して難癖をつけるよりも、長谷川裕美には人間としての品格があると感じた。

一日が暮れようとしていた。再び電話が鳴った。

「はい、緑川です」

「私は、S保険の清水と言います。緑川礼子さん、ご本人で間違いないでしょうか」

「はい」

「長谷川裕美さんとの今日の事故の件で電話しています」

「S保険、…」

「緑川さんのM保険の北条さんとは連絡が取れています」

「はい」

「緑川さんは、十・ゼロを主張なさっているそうですね」

S保険の清水は若い女性のようで、硬質な声で上から目線で礼子をつぶしにかかっている態度ありありで語り始めた。

「緑川さん、交通事故で双方が動いている場合は、十・ゼロはないんです。この場合は五・五が相場ですよ」

「長谷川さんから状況をお聞きになりましたか」

「もちろん聞いています。保険では、五・五です」

「長谷川さんの車が一方的にぶつけてきています」

「お話になりませんね」

清水は、少々小ばかにした話口調になってきた。

「長谷川さんもそれを認めていますよ」

礼子は頑張ってさらに続けた。

「たった今も長谷川さんが謝罪の電話をかけてきています。十割の責任を認めています。あなたたち保険屋さんは、長谷川さんの依頼を受けて動いているのではないのですか。依頼人の意向を無視なさるのですか」

「でも、この場合はですね…」

「つまり、あなたは長谷川さんの代理人です。裁判でも弁護士が依頼人の代理で裁判に臨むわけですが、依頼人の意思を無視して勝手にするわけにはいかないのです。あなたたちも、依頼人である長谷川さんの意思を無視して、代理人が勝手にことを進めることはできないはずです。長谷川さんはご自身の事故実態をご理解なさっています。その上で長谷川さんが十の責任を負うと主張されています。彼女の意思を尊重して、あなたの上司とよく相談なさってください」

S保険の清水は、黙ってしまった。礼子は、電話を切ったが、彼らのそのやり口に立腹していた。

翌日、S保険から十割の過失を認める旨の電話が入った。

礼子には今、戦わなければならない交通事故裁判があるので、毎日緊張して、資料を確認している。また、ひと月が過ぎた。

第四回期日には、礼子にはもう書くことも言うこともなかった。裁判官は、被告弁護人の書いた準備書面について、あれこれと質問をしていた。そのあとでしっかりと、裁判官は、被告弁護人二人を見ていった。

「この前、時系列に沿って実験をしてみてくださいといったと思いますが、実験してみましたか」

「いいえ。していません」

「えっ、してないの。では、話になりませんね」

裁判官は、何か少し怒っているようで不機嫌に見てとれた。それに加えて裁判官の話口調があまりにもぞんざいに聞こえて、礼子は驚いた。裁判官の威厳はそんなところにはあるとは思わないが、丁寧さに欠くというのもどうかと感じてしまったのだ。

裁判官の人間臭さもいいが。なぜか残念な気がした。

「次回は判決を言い渡します」

裁判官は、ため息交じりに言ったようにも聞こえた。いや、実は裁判官は忙しいのだ。

「起立」

書記官の声に裁判官は去っていった。


書記官から判決の日程が伝えられてきた。

「この日は結果、つまり判決を言い渡すだけなので、出廷なさらなくても大丈夫ですよ。結果は、同日郵送いたしますので」

書記官が言った。

「出廷してもよろしいのでしょうか?」

「もちろん、かまいませんよ」

「ありがとうございます」

礼子は、結果がどうあれ、裁判官が判決を言い渡す場面に立ち会ってみたい好奇心が勝っていたので、出廷することにした。

調停委員が言うには〝調停を断ると裁判官の印象が悪くなる〟ということだった。礼子の頭をその言葉が大きく占めていた。五・五を断っているので、礼子の過失割合がさらに悪くなって、六・四でも七・三でも仕方がない、そう思いつつも、判決場面を体験してみたいのだった。

どうしたことか、礼子は急に情けない気持ちで過ごしていた。音楽もストップさせていた。保険は使わないということにしたのに、M保険は適切な資料やDVDの解説まで提供してくれた。M保険の方々の応援は、本当にありがたいことだったと改めて感じ入った。それが、礼子の一人相撲でふいになるかもしれないと思うとじくじたる思いが生じ始めた。

礼子の息子は、転勤で他県に住んでいる。息子夫婦はどう思っているか、きっと面白がっていることだろうことは推測できた。詳しい裁判の経過について、連絡はしていなかった。たった一人の裁判、それでいい。こうなれば、自業自得だから、笑って出廷しようと腹をくった。

一審判決

もうすぐ十二月。肌寒い風が吹いている。クリスマスツリーが飾られる季節となっていた。礼子は、スーツを着て、大きいカバンを携えて裁判所に入った。

判決はいつもの法廷とは違う場所で、決まった時間にきっかり始まった。起立して着席するとき、礼子はいつもより丁寧に一礼をした。ふと、裁判官と目が合ったような気がした。なんだか愉快な気持ちが心の一隅をかすめた。

礼子の判決の順番がきた。身が引き締まるのを覚えながら、原告席にそろりと着いた。礼子のときだけは、いつも原告席はたった一人であった。

「…判決。原告は十分の二を負担し、被告は十分の八、及び支払い済みまで年五分の割合による金員を支払え」

思わず、礼子は眼を見開いてしまった。じっと、裁判官の顔を見つめた。もちろん裁判官は顔色一つ変えない。判決を言い渡すときの厳しい口調とは異なり、穏やかな表情をしたまま書類を片付けている。

「起立」

すぐに閉廷した。

礼子は立ち上がって、退出する裁判官に深々と頭を下げた。いわゆる保険業界や調停の割合とは大きく異なる方向で判決がおりた。普通のことを普通に判断したというべきかもしれないが、思いがけない判決に礼子は感動していた。

裁判官はもっともっと大変な事件を毎日大量に裁いているので、礼子のこの小さな裁判は早期解決するだけであり、法に照らし合わせているだけというのが実際なのだろう。それだけに公平・平等が生きていると感じられた。

外に出ると、初冬の風も心地よく感じた。礼子の心は久しぶりに軽やかになって、早く帰ってパッヘルベルのカノンを聴こうと思った。

カノンに合わせて部屋の中をくるくる軽やかに踊るように歩きまわった。回りながら、礼子は敗訴を覚悟していたので、まだ控訴の気分でいることに気づかされた。

礼子はすぐにまず北条に電話した。

「こんにちは。緑川です」

そこまで言うと、北条は待ちきれないという風に畳みかけてきた。

「今日、判決でしたね」

礼子は笑いながら、気にかけていてくれたことをうれしく思った。

「北条さん、実は判決は何か予想に反してというべきか、八・二でした」

「えっ、緑川さんが八で、安倍川さんが二ですか」

「あ、すみません、間違いました。反対です。二・八です。私が二で、安倍川さんが八です。はい。判決の後、書記官に確かめてきましたから間違いありません。すぐに判決文が郵送されてくるようです」

言いながら、郵送は、配達証明になると納得した。

「そうですか。緑川さん、頑張りましたね。いいクリスマスを迎えられそうですね」

「ありがとうございます。あの〜、ですね。北条さん」

「はいはい」

「かなり、思ってもいなかったいい判決をいただいたのではありますが、私は控訴しようと思っています」

「…控訴、控訴ですか？」

北条は少し驚きの声だ。

「ええ、二・八。つまり二の過失がこちらにあるということですね。実は判決文に不納得の部分があったのです。判決文が届いたらもう一度見直しますけれど」

「あ〜、そうですか。なるほどね。その二が認められないということですね」

「色々ありがとうございました。北条さんや漆久保さんのおかげです」

「わかりました。とにかくよかったです」

「北条さん、あと一つ、理由と言えるほどのことではありませんが、控訴するのは、せっかく自分で裁判をしてみているのですから、控訴を経験してみたいのです」

そこで礼子は言いよどんで言葉を切ってから言った。

「つまりですね、控訴とはどのようなものか、実際にやってみようと思います。不謹慎でしょうか」

北条の戸惑いが伝わってくる。この時、礼子の心はもう走り出していた。無謀なオバちゃん、いやバアちゃんだと思ったに違いないと思うと、少しクスッとしてしまった。しかし、実はそれは、調停委員の〝裁判官の印象が悪くなりますよ〟と言われた時から決めていたことでもあった。

「わかりました。緑川さん、是非、頑張ってください」

北条は、やはり優しい言葉を送ってよこした。

「はい。戦います。ありがとうございました」

濃いオレンジジュースにヨーグルトを混ぜて一気に飲み干すと、ようやく一息ついた。漆久保にも電話した。

「おお、二・八。そうですか。それは、よかった。いいお正月が迎えられそうですね」

こちらは、いいお正月と言った。

「はい、ありがとうございます。漆久保さんの資料に助けられました。感謝しています。それで、実はですね、ええと〜」

「はい、何でしょうか」

「実は、二・八でしたが、控訴しようと考えています。不納得の部分がありまして」

「控訴ですね。そうですか、控訴ですか。頑張ってください」

漆久保は、ガハハハッと笑った。

漆久保の後に、ディーラーの山野にも電話した。誰も五・五から二・八になるとは予想だにしていなかったに違いない。さらに控訴するなんて無謀だと感じたかもしれない。いや、その行為自体に違和感すら覚えたに違いない。図に乗るなと感じたかもしれない。いいのだ。わかっていてもすでに礼子の心の闘いは動き始めていた。

「もう少しだけ、頑張ってみよう。いや、やってみなければならない」

安倍川直生は、気の弱そうな青年だった。真実とは程遠いフィクションのストーリーの主人公にされて、彼は、一体、この判決をどのように受け止めているのか。自分では真実を言う勇気を持っていないのか。強制的に彼の勇気を埋没させられてしまっているのか。礼子は社会の罪を思った。

礼子はしばらくの間じっと目を閉じて、ピアノ曲を聴いていた。ピアノの音が体中の血液に乗って駆け巡り始めていた。実は慣れない裁判にかなり神経をすり減らしてしまっていた。

息子から電話が来た。

「今日、どうでした？」

「あ、ごめんなさいね。連絡遅れて」

「で？」

「二・八で、勝訴になりました」

「おお！　よかったじゃない。え〜っ、二・八！　それは、すごい。おめでとう」

「あのう、すみませんが、…」

「今、仕事中なんだ」

「あの〜、控訴しますので。じゃあね、ありがとう」

「ああ、ええっ、そうなの。わかった。夜にでも電話するよ」

電話が切れた。

礼子は考えた。もし、息子が安倍川青年のような立場だったら、当然ながら、自分の過失を素直に認めることを勧めるだろう。


すぐに判決文が届いた。控訴は判決翌日から二週間以内に申し立てなければならないとわかり、礼子はすぐに裁判所を訪れた。

「控訴の手続きをしたいのですが」

礼子の顔を見て、書記官は無表情のまま言った。

「控訴は第一審とは異なるところでの争いになります。それでは、この書き方の見本を参考の上、判決の不服などについて、訴えたいところをお書きください」

用紙を取り出してから、少し礼子の目を見つめた。

「緑川さん。安倍川さんの方から、もうすでに控訴状が出されています。緑川さんにも、安倍川さんの控訴状をお送りしています」

「…え」

「その安倍川さん側の控訴状に対しての反論の書面、答弁書の準備もお願いいたします」

「…はい」

礼子はなんと返答すべきか戸惑っていた。礼子は相手が控訴してくることまで考えていなかったからだ。やはりド素人なのだ。結局、裁判というものをよく知らないのだ。

「緑川さんの控訴手続きは、二週間以内の提出となります。期限は二週間ですのでご注意ください」

「はい、ありがとうございます」

裁判所の駐車場にLセダンを見つけると、なぜか少しほっとした。師走の風は身を切るように冷たかった。寒空の下で駐車場案内をしている警備員が、じっと礼子の方を見つめている。礼子は急いで出ることにした。出口で、駐車場の空きを待っている車があることがわかった。

安倍川サイドの二人のベテラン弁護士にしてみると、相手はド素人の初老のオバちゃん一人なのだから、この八分の過失割合は受け入れ難いことは必至だ。それはキャリアとしてもプライドとしても許し難いことだろう。プロとして当然引き下がるわけにはいかないだろう。

職業や性別・年齢で判決の結果がついてくるわけがない。礼子が裁判を始める前に下調べをしているとき、「裁判官は物言う法理（法律）である」という文言を目にしていた。裁判官は何が真実か、法に準拠して判断するだけだろう。弁護士が、当然軽く勝つと思っていたとしたら、それは思い上がりと言っていいのかもしれない。

礼子は、早速、控訴用に渡された書類を開いて、自分が争うべきポイントをチェックし始めた。翌日、安倍川サイドの控訴状が届いた。

「おお、これはどうしたものか」

これまで通りの難義さに、さらに拍車をかけて超難解な文章が並んでいる。時折理解するより面倒くささが先に立ってしまう。弁護士という職業癖の文のせいなのか、それでももう少しわかりやすく書けないものかと、やはり礼子は愚痴っていた。

この安倍川サイドの控訴状では、原告が安倍川直生であり、被告が緑川礼子となっている。ところが、礼子が控訴すると今度は、礼子が原告になり、被告は安倍川直生になる。えらくややこしくなってしまったと感じた。

そこで、礼子は相手への反論の書面を後回しにして、とりあえず自分の控訴状を書くことに専念した。期日を逃すわけにはいかない。判決文を何度も読み直した。この第一審の判決文に対して不服部分を申し立てることになる。

控訴棄却の判決を求める

礼子が戸惑いながら進めていると、書記官から電話がかかってきた。

「緑川さん、控訴なさるんですよね」

「はい、そうしたいと思います」

「確認ですが、今回は、緑川さんも控訴することになりますと…」

「はい」

いつになく書記官が柔らかい話し方をした。

「双方が控訴ですので、一審の時のまま、緑川さんが原告、安倍川さんが被告という形にしましょうと、裁判官と話しています。両方の控訴について統一しましょうということです」

「わかりました」

「では、控訴文をお書きください。二週間以内ですので期日をお間違えのないようにお願いいたします」

「わかりました。ありがとうございます」

電話を切ってから、明るく笑ってしまった。礼子もややこしいなあと考えていたからだ。

「とりあえず、控訴状を提出しなきゃ」

礼子は、まずは再度資料の研究を丁寧に行なった。

判決文

「原告車が交差点中央部付近に至るまでの間に対面信号が赤色に変わっていた可能性は高い」

「四台目では黄色から赤へ変化し、国道側が発進するタイミングになる」

これに、控訴理由書で反論を書いた。

道路交通法施行令第一章第二条では、赤信号は、「交差点において既に右折している車両等は、そのまま進行することができる」、ただし、赤信号では、緊急自動車を除いては、進行して良い例外は存在せず、必ず停止線の直前で停止しなければならない。

道路交通法第三六条では、交差点内は「できる限り安全な速度と方法で進行しなければならない」と、交差点内を通行する車両等の運転者に対しての義務を課している。

苦労しながらも、誠実に文書作成にいそしんでいった。控訴すると決めたのだから、やはり入念に書く。勝手な論理ではなく、事実を基盤に道交法に照合して論述していった。

もちろん被告弁護人の言う「被告が第一車線、歩行者道路側にいて、左から信号を無視して突っ切ってきた原告車両（Lセダン）と交差点中央あたりまで併進してきて、そこで原告車両が停止して、被告車両が原告車両の前を巻くようにふわりと越えて行って、原告車両の左側と接触した」この併進という極めてありえない状況や「信号が青に変わったのに交差点内の車が動き出していない」など、多々整合性のないフィクションの状況を記述論破しなければならなかった。

礼子は、ずっとお気に入りのチェロを聴きながら裁判を続けている。チェロに身も心もつかまれていた。クロアチアのこの若きチェリストの弾き方も彼の楽器の音色も素晴らしかった。チェロについては詳しくはないが、至って心地よい。

礼子は、第一審で訴状や準備書面などを書いていたので、たどたどしくも控訴状を書き進めることができた。何より、自分なりの書き方でも裁判官は内容を理解して受け取ってくれたことが、礼子を大いに勇気づけていた。なんとか期限の三日前に控訴状を書き終えた。

裁判所に着いた。いつもの右側の駐車場にLセダンを停め、車の外に出ると乾燥した冬の冷たい風がコートを通して吹き付けてきた。ふと、左側駐車場に停車していた護送車から降りてくる数人の警察官と手錠をかけられ腰ひもが巻かれた男性が目に入った。重い気持ちで裁判所のドアを押した。

いつものように、無表情の書記官が忙しく次々に来る来所者に対応していた。書記官に控訴状を提出すると、礼子の控訴状に丁寧に目を通し確認していた。

「緑川さん、控訴を受け付けました。次は、控訴理由書をお書きください。控訴理由書の提出までに五十日ありますが、お正月を挟みますので、提出日の期日については追ってご連絡いたします」

そう言ってから彼女は一瞬動作を止めた。

「緑川さん、被告側が控訴してきています」

「はい。先日、お送りいただきました」

「…ええと」

そこで、彼女はわずかながら声を潜めた。

「その被告の控訴に対して、〝控訴棄却の判決を求める理由書〟というのがあります。どうなさいますか。お書きになりますか」

彼女の手には、その言葉通りの「控訴棄却の判決を求める理由書」の書き方なる書類が、すでに手元にあった。

「わかりました。検討してみます」

礼子は書記官の言わんとすることが感じ取れた。書類を受け取ると丁寧に頭を下げて退室した。Ｌセダンはディープインディゴ・パールを誇らしげに輝かせて礼子を待っていた。


久しぶりにメンデルスゾーンのヴァイオリン協奏曲をかけた。帰りにＬセダンを運転しているとき礼子の頭蓋骨にヴァイオリンの高音が流れたのだ。コーヒーをじっくり入れた。控訴状の提出は終わった。未知の世界に再び足を踏み入れることへの緊張で、礼子の血液はグルグルと体中を駆け巡っていた。

そしてもう一度、安倍川直生の弁護士が書いた控訴状を見直した。やはり、非常にわかりにくい文面だった。控訴状の矛盾点に対する答弁書を書かなければならなかったが、このような虚構にどこまで付き合えというのか。それにしても、こんな虚構を弁護士というのは誰もが書くのか訝《いぶか》しく思った。礼子は、弁護士というのは第一義に法を遵守するものであり、真実を追求するものとばかり思っていたのであきれ返っていた。ほとんどの弁護士は、弁護士バッジの名にかけて事件の真実は何かを見極め、法を遵守して戦うのではないか。

否、礼子は頭を振った。もしかすると裁判で勝つことが第一義なのか、とすると裁判は茶番にならないのか、一体どうなるのか。勝つためならばどんな詭弁を弄《ろう》してもよいのか、虚構まで書かなければならないものなのか、書いてもいいというのか。万が一にもそれは決してあってはならない行為のはずだ。虚構を書いて裁判をするというのは、罪にならないものなのか。依頼人なり弁護人なりどちらかが誠実であればこんなことにはならないはずだ。

しかし、礼子は考えた。第一審判決を見る限り、当然だが裁判官は、法を遵守していると感じられた。裁判官のことは信じていいと体で感じ、それが大きかった。礼子の心にポッと明るみを残した。

チェロ曲を聴いたりピアノ曲を聴いたり、熱心に書いたり料理をしたり、礼子はぐずぐずしていた。時間をかけては書いたものを丸一日寝かせておき、次の日に読み返しては校正をいれて完成させていく。たった一行一句にも時間をかけて、丁寧に精度の高いものを目指した。

大晦日になってしまった。
息子夫婦が来て一緒に年越しをした。除夜の鐘を聞きながら、初詣に行くと真夜中にもかかわらず、元旦を祝う多くの人々が元朝詣りに出てきていた。
お正月がやってきたのだった。町を歩いていると、門松が濃い緑の中から松の香を立ててくる。それは新春を呼んでいるように爽やかで、礼子はつい歌を口ずさみたくなるほどだった。

「やっぱり、お正月らしいわね。初詣はいいわね」

息子夫婦は振り返って愉快そうに、幸せな笑顔を送ってきた。礼子には宗教心がなかったが、お正月は神社に初詣に行く。

二泊して帰っていく彼らを見送った。また一人になり、チェロの世界に舞いもどっていった。礼子の頭は再び裁判のことに支配され、心はチェロに奪われていった。チェロの曲が体の中を駆け巡るのだ。報道では厳しい冬の寒さを伝えていたが、それは礼子の意識の範疇になかった。

「控訴棄却の判決を求める理由書」も書き始めた。

「被控訴人の主張の整合性を検証し、論理破綻となっていることを論述するものである」

と、前文から書き始めた。安倍川被告の弁護人の書いた文章の虚構と矛盾点を指摘した。そこには論理の整合性がなく、論理破綻していることを論述した。
車を運転する基本的な道路交通法の認識事項として、「赤信号では、必ず停止線の前で停止しなければならない。停止線を越えて進行することはできない」や、「(交差点内は)できる限り安全な速度と方法で進行しなければならない」これらは「交差点を進行するときの義務」と記した。

さらに、道路交通法に沿って、「被告の信号無視と前方左右の安全確認(先発確認義務)が不十分であったことによる事故であり、道路交通法違反なので全責任は被告が負うべきものである」と結論付けた。

礼子は、再び「追記」を記した。

「追記」

未来ある被告の「上記検証のような論理破綻している主張」を認めることは、原告ばかりではなく社会の責任となるのではないかと考えます。道路交通法を認識できずに車両の運転に当たってはならないことを、被告に対して厳しく認識させるべきと考えます。

そして、「控訴棄却の判決を求める理由書」の最後の部分を書いているとき、どうしたことか、パソコンのマウスが作動しない。マウスのポインターが消えた。矢印のマークが出ない。礼子は青ざめた。新しい乾電池に入れ替えたが作動しない。近くの家電量販店にマウスを持って駆け込んだ。さほど混んでいなかったこともあってか、若い男性店員が見てくれた。彼は、礼子に丁寧に説明するのだった。しかし、それを礼子が理解できない。すると、青年は説明書のコピーを取ってきて、さらに説明してくれた。

「ここなんですが、…で、…なのです」

礼子は、家に帰ってその説明の通りにする自信がない。不安げな表情を見て理解したのか青年は優しく言った。

「今、このマウスは作動しています。家に帰って、どうしてもできなかったらパソコンも持ってきてください。見てあげますよ」

「こちらは何時までやっていますか」

「二十時までです」

「八時ですね」

青年の胸に名札があった。名前が〝海輝〟とあり、聞いたことのない名前だった。家に戻ってやってみても、マウスの矢印がまったく出てこない。考えているより、この場合は動くことが先だった。パソコンに緩衝材を巻いて、再び量販店に飛び込んだ。先ほどの店員海輝は客の対応をしていた。客がカウンターを離れると、海輝はすぐにやってきて完全に人のいい技術屋さんの眼差しでパソコンを開いた。

「どうでしょう」

海輝は程なく言った。マウスはパソコンの画面をいつも通りに動く。お礼にというわけではないが、補充用の乾電池を一つ買い求めて、礼子はお礼を言って急いで帰った。

控訴棄却へ

まずは、先に出された安倍川の控訴審裁判が開かれた。開廷してすぐに判決が言い渡された。

「被告安倍川直生の控訴を棄却する」

安倍川被告の弁護士二人は、驚いた様子で顔を上げて裁判官をにらんだ。裁判官はさらに続けた。

「第一審判決について、被告の控訴は理由がないので、これを棄却することとします」

はっきりした裁判官の短い判決に、法廷内はキーンと音を立てて空気が澄んだ。

礼子は、ただ、驚いていた。控訴棄却がどのようになされるのかを知らなかったからだ。

裁判官が続けて理由を述べていた。礼子は表情を動かさず、ただただ姿勢を正しただけだった。「控訴棄却の判決を求める理由書」を書いて、棄却を求めたのは礼子自身だったからだ。なんだか、感動と驚きで気持ちが一杯いっぱいになっていった。耳には〝控訴を棄却する〟といった裁判官の声が重く残っていて、体中が上気するほど驚いていた。

裁判官の書類をたたむ音が聞こえるような気がした。ややあって、書記官の合図とともに閉廷した。礼子は立ちあがると深々と一礼をした。

法廷を出ると、廊下の長椅子に見覚えのある女性がうずくまっていた。彼女は、礼子が初めて裁判所を訪れたとき声をかけてきた女性だった。夫に不倫されて、離婚訴訟をするとしてたくさんの資料を書いていた女性だった。

礼子と目が合ったので、軽く会釈した。彼女は礼子に気づくと懐かしそうな顔をして声をかけてきた。

「あんたもまだやっているの？」

礼子は微笑んで小声で答えた。

「一審は終わりました。今は控訴をしています」

「…ん」

「どうなさったのですか」

彼女の顔がゆがんで、涙がぽたぽた頬を伝った。

「裁判のね、…判決がね、出たんだ、長かったサ」

涙が、溢れ出てくる。

「そうでしたか」

礼子は、恨みつらみを書いた大量の資料を思い浮かべ、なんと声がけすべきか迷っていた。

「判決が、はんけつはね…」

そこまで言うと、かすかな嗚咽に変わっていった。礼子は、彼女の隣に座って背中をさすった。長い間人知れず頑張ってきた思いは、礼子も同じだった。

「あんた、やさしいんだね。ありがと」

礼子を見て、柔和な目をした。

「誰もね、誰も私の言うことなんかね、聞いてなんか、ね、くれない」

「…」

「でもさ、でもサ」

「はい」

礼子は、気の毒になった。

「でもサ、裁判官はね、夫婦だからいろいろなことがあるでしょう、って」

「そうね」

「裁判官がね、それだからといって、不倫していい理由にはならない。不倫はしてはダメだって」

「裁判官がそう言われたのですか」

「不倫してはいいという理由にはならない、そう言ったんだ」

彼女は涙を拭いてから、大きな袋から書類を取り出した。

「え、そんな大切なものを私なんかに見せてもいいのですか」

「見てほしいんだよ。頑張ってきたんだからサ。みんな、周りのみんなが、私を馬鹿にしてサ、だから浮気されるんだとか言ってサ」

彼女はさらにしきりに涙を流しながら、擦り切れた紙を取り出した。

「これを頼りにしてね、頑張ってきたんだ」


民法七〇九条、故意または過失によって他人の権利または法律上保護される利益を侵害した者は、これによって生じた損害を賠償する責任を負う。


しっかりと赤線で四角で囲んである。

「ね、不倫はね、不法行為に当たるんだ。それでね、損害賠償の対象になるんだって。私ね、二年も一人で裁判やってきてサ、よかった。この言葉聞けてサ、本当によかった」

「そうですか、頑張りましたね」

「ありがとね」

そういうと、女性は礼子の手をしっかり握りしめた。

「よかったですね。それでは判決文が送られてくるのが楽しみですね」

女性の顔は喜びと涙を満面に湛えていた。

そう、書き方ではないのだ。「何が真実で何が正しいか」を判断するのが裁判所だと彼女の手を握りしめながら、礼子は感慨深く思った。

Ｌセダンはゆっくりと裁判所を後にした。

控訴審判決へ

一か月後に、礼子の控訴に対する第一回口頭弁論期日が控えている。

しっかりした「控訴理由書」を提出しければならないと心新たに思った。裁判は私たち市民の味方なんだと礼子は確信を持って思えるようになってきた。

第一回口頭弁論期日が開かれた。裁判官は第一審の裁判官と同じだった。

「では、控訴理由はこの通りでいいですか」

聞き覚えのある裁判官の声に、礼子はほっとした。

「はい」

「付け加えることがありますか」

裁判官は、礼子の目をきっかり見つめた。

「いいえ、ありません」

そう答えると、この日はそれで終わった。


空気が柔らかくなり、こぶしが咲くとすぐに白木蓮が咲く。白木蓮の花は長い冬の間じっとこらえていたかのように甘い濃い匂いを出す。だが、その花は二、三日でぽたぽたと落ちていく。すると、すぐに梅が咲き、梅が終わると次は桜が咲く。花たちも春を待ち望んでいるのだ。

「次回は判決になります」

書記官が電話で、期日を伝えてきた。礼子は、庭のレモンの樹に花が咲き始めたのをながめていた。

「はい、わかりました。ありがとうございます」

いよいよ、だ。

礼子は、心の中で戦いが終わることを感じ取っていた。

このレモンの樹に付いているアゲハの幼虫を礼子自身のようだとも思った。必死にむしゃむしゃとレモンの葉を食いちぎり、大量の黒い球状の糞をまき散らす。やがてさなぎになり、成蝶になる。静かに生きるだけである。

コツコツと裁判書類を書き、淡々と静かに時が過ぎ、終わっていく。

しかも、蝶は安全だと覚えた「自分の木」に次の年も戻って来る。礼子は蝶を見つけるたびにアゲハ蝶の生態に感動をする。

控訴審判決に対して、礼子は二・八以上は望めないと覚悟していた。だが、正しく控訴制度というものを利用したいとも考えていた。

もうすっかり春も終わらんとしていた。

控訴審判決

スーツを着て大きなカバンを肩にかけ、礼子は再び裁判所に向かってＬセダンを発進させた。ディープインディゴ・パールの重い車体がゆっくり静かに風格を持って走り始めた。戦いの終わりに向かって滑り出した。判決前とあって、実は礼子の体は再び意気地なく緊張でいっぱいになっていた。

裁判所の入り口で、警備の人に簡単な要件を伝えて駐車場に入れてもらう。もちろん無料である。礼子はＬセダンを丁寧に止めた。初めて来たときは、今以上に緊張していてバリバリになっていた。

もう、迷うことなく指定された法廷のドアを開けた。本日の判決待ちの人が数人来ていたが、シンと静まり返っていた。傍聴席に座って待っていると、定刻丁度に正面のドアが開いて三人の裁判官が法廷に入ってきた。

一斉に音を立てて起立する。

書記官が判決を受ける順に呼び立てる。判決の時は、出廷しなくともいいので弁護人だけのことが多い。一判決ごとに裁判官は入廷しては、退廷する。五番目が礼子だった。原告席に着くと、礼子は一礼して座った。裁判官の目を見つめた。裁判官の口から厳粛な声が響いた。

「第一審原告の控訴に基づき、原判決を次の通りに変更する」

身動きせずに、礼子はじっと裁判官の顔を見つめた。

「本件事故の過失割合は、第一審原告一割、第一審被告九割、とするのが相当である」

裁判官の判決の重厚な声が法廷内に響いた。

〝原告一割、被告九割〟

礼子は復唱して、言葉を呑み込んだ。

その重い裁判官の声は、礼子には、礼子に語り掛けてきているような気さえした。急に湧き上がった涙をこらえて奥歯をかみしめて立ち上がった。裁判官の後ろ姿に、深く心を込めて一礼をした。裁判官はいつも通り、中央のドアの向こうに消えていった。

裁判所の重いドアを出ると、Ｌセダンはそのディープインディゴ・パールを誇らしげに輝かせて主を待っていた。

バイクとの接触事故に遭遇し、自分で「たった一人の裁判」、小さな裁判をすると決めてから約二年を要していた。かかった費用は千円と切手代金。切手の残りは返還される。

どうしたことか、礼子の心は思いがけなく湿っぽいのに、体全体が内臓を有していないかのような軽やかさだった。

Ｌセダンと通った裁判所を後にした。

〝秋には、コスモスを見に行こう〟Ｌセダンに乗って行こう。

了

この物語はフィクションであり、実在の人物及び団体とは一切関係ありません。

著者プロフィール

山﨑　しだれ（やまざき しだれ）

北海道生まれ

2002年　「高校入試　超基礎がため　国語」旺文社
　　　　（解説・問題作成を執筆）
2010年～2022年　小説「空を見る子供たち」を連載
　　　　　　　　（埼玉県私塾協同組合 広報誌「SSK Report」）
2022年～　小説「春降る雪は音もなく」連載開始（同広報誌）

著書
『仕事の歌』（2023年５月、文芸社）
『空を見る子供たち―小さな学習塾の中で―』（2023年11月、文芸社）

たった一人の裁判

2024年10月15日　初版第１刷発行

著　者　山﨑 しだれ
発行者　瓜谷 綱延
発行所　株式会社文芸社
　　　　〒160-0022　東京都新宿区新宿1－10－1
　　　　　　　　　　電話　03-5369-3060（代表）
　　　　　　　　　　　　　03-5369-2299（販売）

印刷所　TOPPANクロレ株式会社

ISBN978-4-286-25484-5